競馬にみる日本文化

石川　肇

法藏館

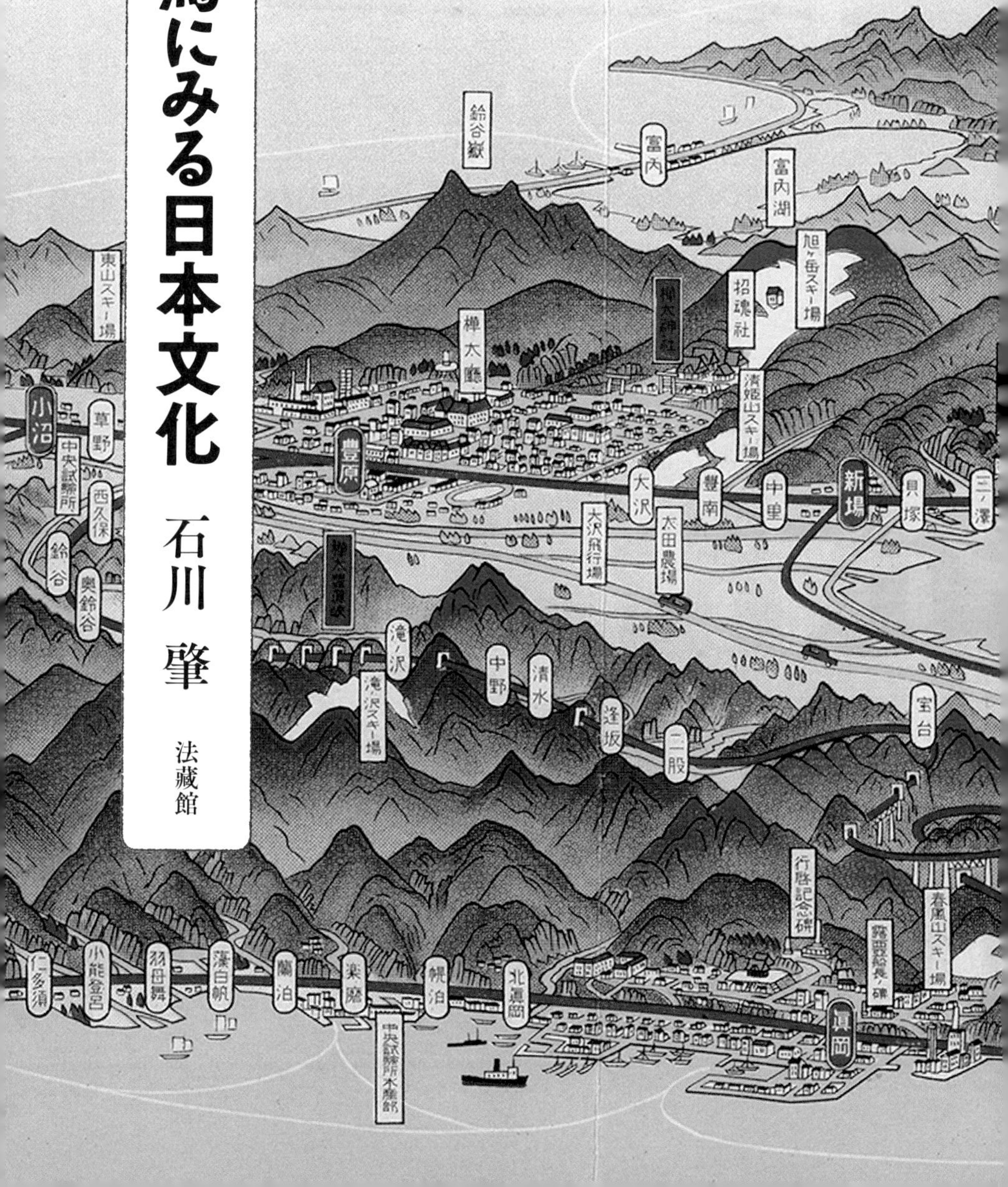

夫婦岩
三谷観音
海南中学校
山内容堂銅像
高坂高等学校
薫的和尚墓
磐上神社
赤十字病院
營林局
梅林
桃林
城西病院
師範学校
電氣局
裁判所
市役所
高知縣廳
県公会堂
板垣退助銅像
山内一豊銅像
春日神社
城東中学校
土佐女学校
郵便局
武市半平太殉節處
税務署
舛形
乗出し
本町上一丁目
山内侯爵邸
高野寺
板垣退助出生地
朝倉町
第一高等女学校
女子師範学校
土佐中学校
梅ノ辻
山内家廟所
野中兼山ノ墓
妙國寺
吉田東洋ノ墓
競馬場
商業学校
板垣退助別邸趾
埠頭
狭島
水族館
桃林
稲荷神社
片岡半齋墓
長曽我部城趾
桂浜学園
蛭子堂
坂本龍馬銅像
砲台跡
夫婦岩
種崎海水浴場
龍王岬

まえがき

競馬はギャンブルのみならず

大河ドラマによって、これまで「悪人」とされてきた歴史上の人物が、少なからずその汚名を返上してきた。

たとえば、平安時代に京都の朝廷に対抗して「親皇」を自称し、東国の独立を目指した平将門。後醍醐天皇と反目し、室町幕府を開いた足利尊氏。そして主君信長を討った「逆臣」として名高い明智光秀も、これから仲間入りするはずだ。

こうした再評価の先駆けとなったのが、天皇の勅許を得ず日米修好通商条約を結び、安政の大獄を主導した幕末の大老井伊直弼だ。そして大河ドラマの1作目となったその原作が舟橋聖一『花の生涯』である。


さて、『競馬からみる日本文化』というタイトルなのに、なぜ大河ドラマの話から始めたかといえば、

「競馬ってギャンブルでしょう」

といった世に蔓延しているマイナスイメージを、さきの主人公た

大河ドラマ『花の生涯』撮影風景。左から淡路千景（たか女）、尾上松緑（井伊直弼）、舟橋聖一（原作者）（写真提供：舟橋聖一記念文庫）

ちのように払拭したいという思いがあるからだ。たしかに競馬はギャンブルの要素を強く持っている。しかし、そこにはある種の美学があったりする。金を使わずとも楽しめるし、ギャンブル以外の要素も沢山ある。なにより日本文化の形成に深く関わっているのだ。

　本書は競馬の再評価を、大河ドラマ同様、文学の力を最大限に活かして行っている。またそれは競馬視点だからこそ浮かび上がる日本文化の可視化でもあり、

「え、そういうことだったの？」

「そんなことがあったの！」

と思わず膝を打つ、いや打ってほしい、いささかマニアックなものだ。資料をふんだんに使った証拠付きのものだが、エッセーとして書いたので、論文のように明確な結論があるわけではない。ふんわり全体を通して理解してもらえるとありがたい。

　これもまたマニアックな話になるが、先日、古物商の友人から「調騎分離」以前の騎手免状を入手した。それは昭和10年に発行された札幌競馬倶楽部・京都競馬倶楽部・阪神競馬倶楽部・小倉競馬倶楽部のもので、全国各地で独立運営していた競馬倶楽部11ヵ所のうち、4ヵ所のものが揃ったことになる。騎手免状の持主は内田繁三で、日本中央競馬会（JRA）・栗東トレーニングセンター所属の調教師だった人物。関係者に聞き取りをすればいろいろとわかるこ

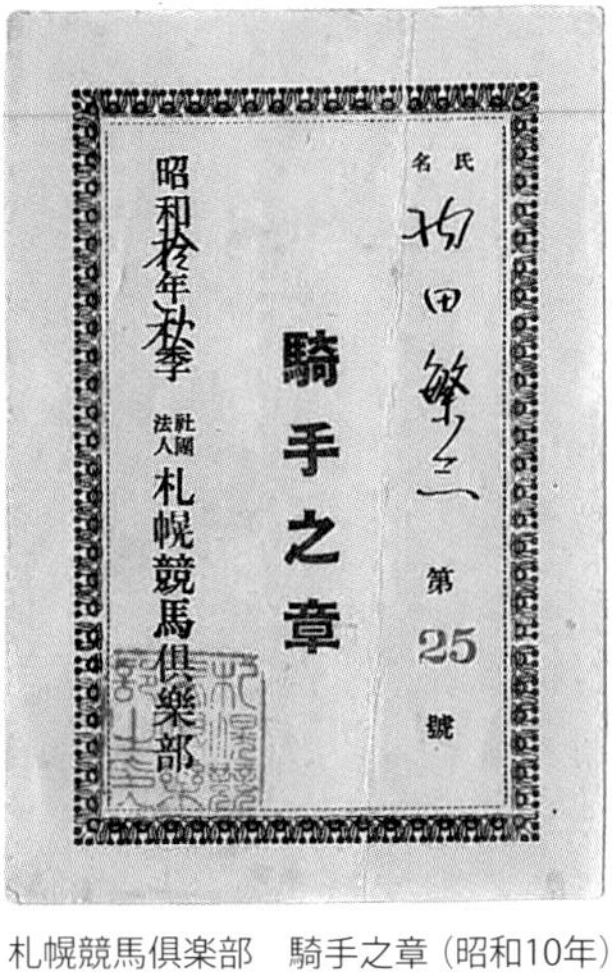

札幌競馬倶楽部　騎手之章（昭和10年）

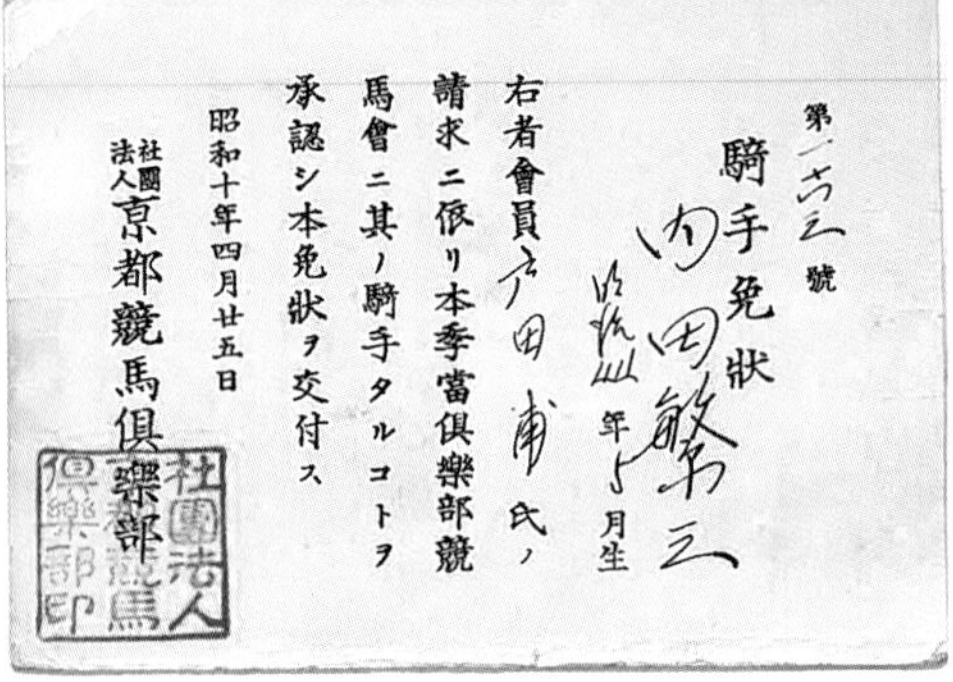

京都競馬倶楽部　騎手免状（昭和10年）

ともあるが、今回は騎手免状のほうに興味があったので保留にした。

「石川さん、いかがですか！」

「はい、またまたすごいものを持ってきてくれましたね。比較もできて面白そうです」

　比較に移る前に、ＪＲＡの競馬用語辞典で「調騎分離」を引いておこう。

〈調教師と騎手の免許をはっきりと分けること。昭和12年の「日本競馬会」設立以前の「競馬倶楽部」時代は、騎手という名称のみが登録されており、騎手になれば厩舎をかまえ調教師の仕事を行なうことができた。これを日本競馬会設立を機に改め、調教師と騎手の免許を別々にする調騎分離が行なわれるようになったが、まだこの当時はあいまいな部分が多々あり、明確に分離されるようになったのは戦後になってからである〉

　これを読めば、入手した騎手免状がいかに貴重なものかわかるだろう。そしてその実物を見てみれば、いくら独立運営だったからとはいえ、「騎手之章」（札幌）・「騎手免状」（京都・阪神）・「騎手券」（小倉）と、名称すら統一されていないことがわかる。もちろん裏面に記されている規定もバラバラだ。こうした事実を資料が教えてくれるが、厳しい規則にしばられず、自分の管理する競争馬でレースに出ることもできた緩やかな時代もあったわけだ。

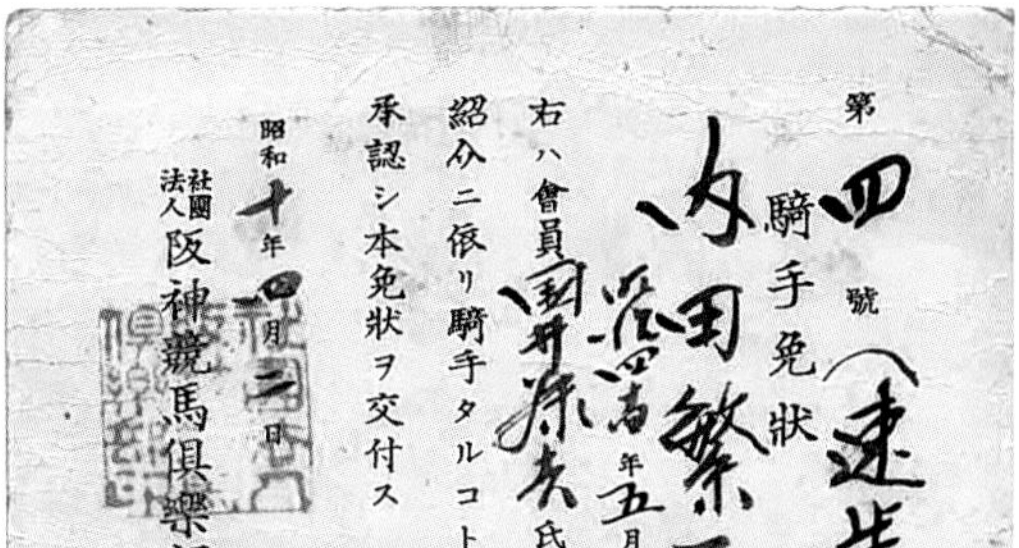
第四號
騎手免状
内田繁三（速歩）
年五月生
右ハ會員　氏ノ紹介ニ依リ騎手タルコトヲ承認シ本免状ヲ交付ス
昭和十年四月二日
社團法人 阪神競馬倶楽部

阪神競馬倶楽部　騎手免状（昭和10年）

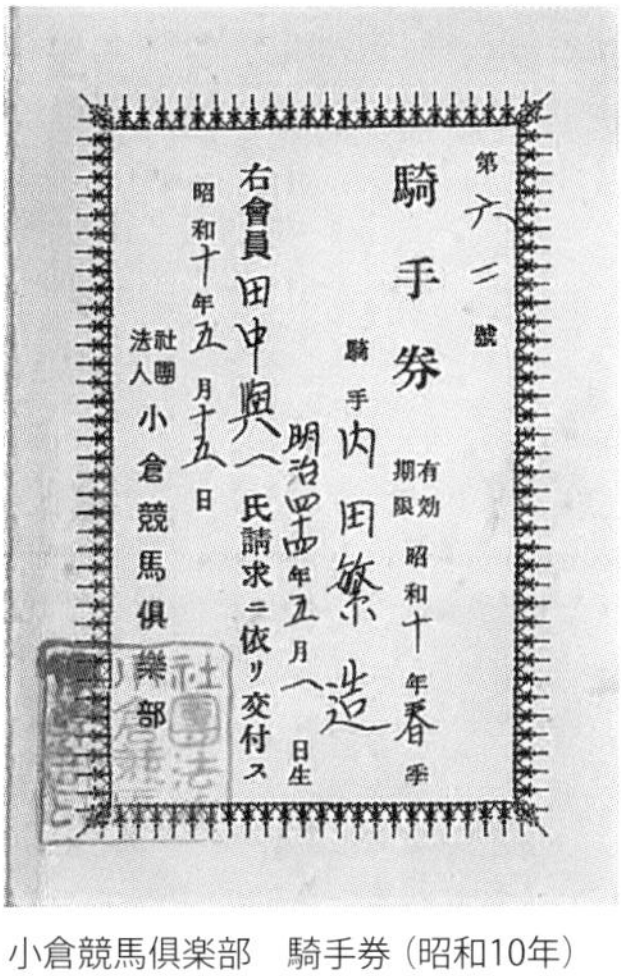
第　號
騎手券
騎手 内田繁造
有効期限 昭和十年春季
明治四十四年五月八日生
右會員田中與八氏請求ニ依リ交付ス
昭和十年五月十五日
社團法人 小倉競馬倶楽部

小倉競馬倶楽部　騎手券（昭和10年）

競馬にみる日本文化　目次

第2章 競馬場の地図絵巻

第1章 競馬の文化手帖

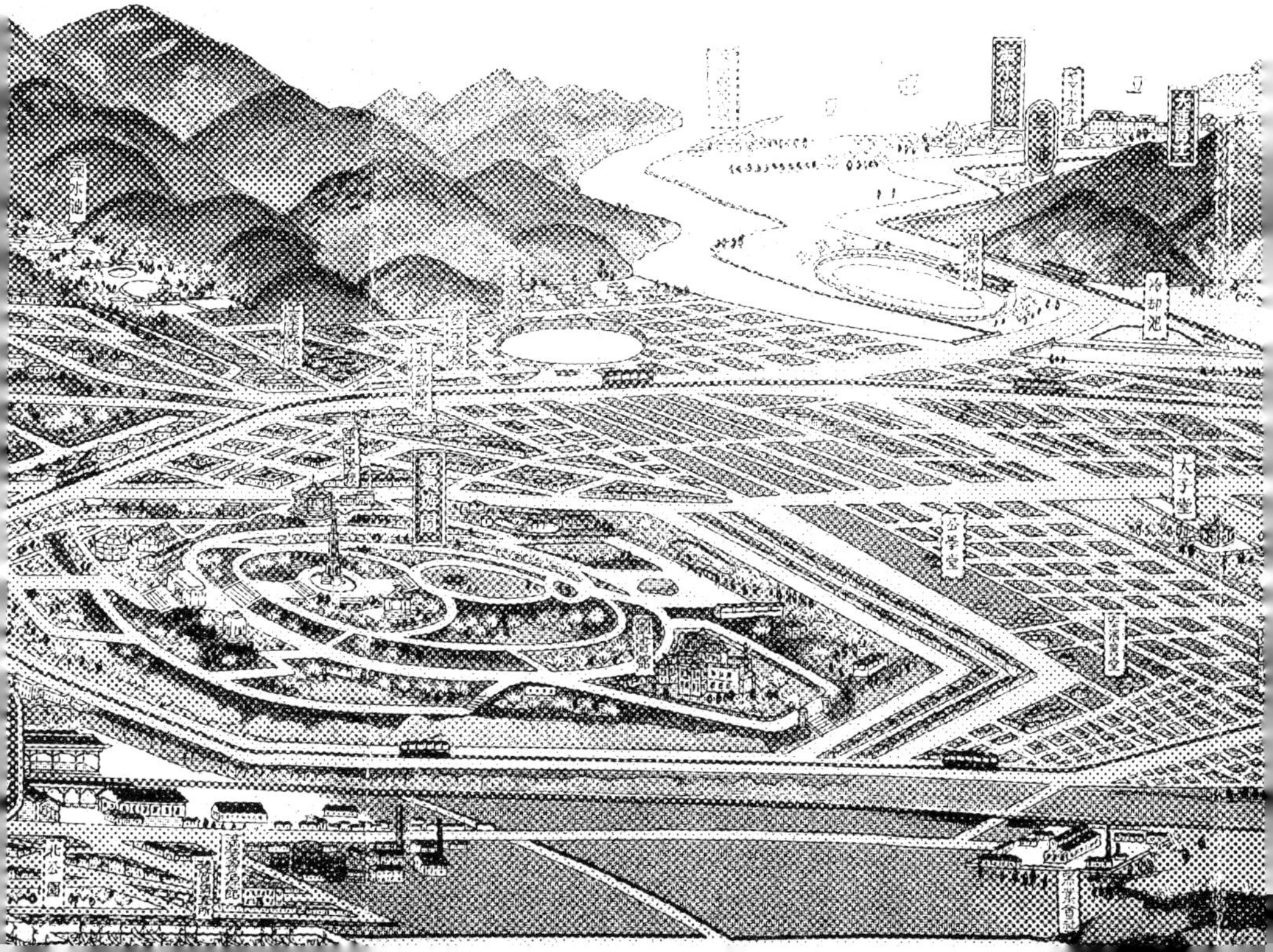

舟橋聖一の愛馬命名と女たち

東京馬主協会理事を務めるほどの競馬好きで、〈新聞に四つ、雑誌に十三ほど連載物を書いているので、うちにいるときは朝から晩まで書きづめで手首がいたくなりますよ。ただもう土曜と日曜に競馬に来るのが唯一の楽しみです〉と語っていた作家がいた。舟橋聖一である。

舟橋聖一（明37〜昭51）は、戦前には満洲事変以降の日本のファッショ化に対し、知識人の積極的な行動の必要性を唱えた『ダイヴィング』（昭9）を発表、戦中には各地の牧場や競馬場を1年にわたって見学し、機熟して執筆した競馬小説『躍動』（昭17〜18）や、抵抗色が強いと評される『悉皆屋康吉』（昭16〜20）を書き継ぎ、戦後においては流行語となった『夢よ、もういちど』（昭23）や『芸者小夏』（昭26〜36）といった、純文学にして大衆性を持った中間小説の領域を切り開くなど、丹羽文雄や石川達三とともに「戦後の流行作家三羽ガラス」と呼ばれた昭和の花形作家だった。演劇や歌舞伎にも精通し、作品の多くが舞台・映画・テレビ放映化され、とりわけ、幕末の大老井伊直弼の生涯をドラマチックに描き出した歴史小説『花の生涯』（昭27〜28）は、NHK大河ドラマの1作目として選ばれ、その大ヒットによって大河ドラマはシリーズ化し、現在に続く長寿番組となった。

その舟橋には、モモタロウという持ち馬がいた。昔話の「桃太郎」をイメージして命名されたと思いきや、「妻百子の名前をとってつけたのでございます」と、今年（平成27年）88歳になる舟橋の一人娘美香子さんから教えていただいた。百子の百（モモ）の一字に、子（コ）の一字を牡馬なので太郎（タロウ）に変えて合字したという。東京帝大時代、従妹百子と熱烈な恋愛結婚をした舟橋は、生涯妻子を愛し続けた家族思いの男であり、その愛情の片鱗を愛馬命名に見ることになる。しかし、作品における官能的な描写や実生活における妻妾同居などのゴシップから、マスコミに聖一という名を「性一」ともじられたり、きわめてすぐれたエロとして「エロ聖」と揶揄されたりもしていた。妻への愛と妾を持つことは、舟橋にとって矛盾するものではなかったようだ。

妻妾同居とは、同じ家屋もしくは敷地内に妻と妾を一緒に住まわせることをいうが、舟橋が愛馬にモモタロウと命名した当時、戦前から愛人関係にあった伊藤カヨを目白の自宅に引き入れており、さきのマスコミからの罵詈雑言など一向気にせず、堂々たる生活を送っていた。一方、百子夫人は気絶するほど激高し、当然のことながら同居をこばみ続けたが、そこは駆け引き上手な舟橋。とうとう正式に許しを得ることに成功する。なぜ許されることになったのか。その誘因は自分にあったと、美香子さんは続けて教えてくださった。

「わたくし、父に愛する男性と結婚したいとお話ししましたの。でも、ご自分が選んだ男と結婚させたかったのでしょう。猛反対されました。それが悲しくて悲しくて、何日も泣きじゃくっておりました。それを見るに見かねた母が、美香子の結婚をどうか許してあげてとお願いしてくれました。すると、ぼくが美香子の結婚を許したら、きみもカヨの同居を許してくれるか、ということになったそうです」

妻妾同居は、伊藤のための別宅を高田馬場に購入するまで数年続いたが、その間、百子夫人への深い気遣いを舟橋は怠らなかった。それがくだんの愛馬命名にまで及んでいたわけである。

そんな舟橋家の複雑さを背負ったモモタロウは、昭和25年の中山の新馬戦で見事優勝。28年には皐月賞とならぶ中山競馬場の看板レースだった大障碍を大差で勝つなど、元気に白星を重ねた。舟橋は〈女房は、馬が障碍を飛ぶ毎に落涙し、勝つときまると、更に泣いた〉とその観戦記に書いているが、百子夫人の涙の意味を、この流行作家は知っていたに違いない。

1 競馬場外物語

昭和の花形作家である舟橋聖一は日本の競馬小説の先駆者と目され、昭和28年秋の中山大障碍を勝つモモタロウの馬主としても知られる。これは、舟橋が競馬を通じて親しくなった文豪・菊池寛と織りなした衝撃の「競馬場外」エピソードである。

——菊池　寛

馬主文士として知られた舟橋聖一の一人娘で、今年（平成27年）88歳になる美香子さんの思い出話に衝撃を受けた。

「やっぱり彼女、菊池先生の隠し子さんだったと思うんです」

「菊池先生って芥川龍之介の親友で『文藝春秋』を創刊した、あの菊池寛のことですか？」

「そうです」

「文学や作家の研究を20年以上続けてきましたが、そんな話、初めて聞きました」

日中戦争期に記された舟橋聖一の英字論文がニューヨーク市立図書館で見つかり、その寄贈のために目白の舟橋家を訪れたのは5年前のちょうど今ごろ、日増しに秋が深まる10月中旬のことだった。京都にある国際日本文化研究センターから新幹線そして山手線と乗り継ぎ、目白駅に着いたのは夕暮れ時で、舟橋家はそこから5分とかからないはずだった。目白通りを高級住宅街として知られる旧目白近衛町へ折れると、少し歩いた右手の路地に「私有地につき、駐車しないでください」と書かれた立て看板があった。教えられた住所からすればこの先に違いない。路地が私有地とは驚いたが、そこから30メートルほど進むと、背の高い木々に囲まれた、大きな窓を有する二階建ての邸宅が現れた。舟橋の死後に改築したと、のちに教えられたが、800坪の敷地を持つその風景は、当時の面影を十分に残していた。

「これが噂に聞く目白御殿か……」

舟橋の死に際し、友人だった田中角栄元首相が、悲しみのあまり葬儀中の目白御殿に踏み入ることが

昭和22年の日本ダービーに訪れた菊池寛㊧と舟橋聖一㊨（写真提供：舟橋聖一記念文庫）

できず、ひっそり外で泣いていたという逸話を思い出した。

今でこそ忘れられた作家と評されるが、舟橋聖一は、丹羽文雄や石川達三とともに「戦後の流行作家三羽ガラス」と呼ばれた昭和の花形作家だった。日本の競馬小説の先駆者と目され、第二次大戦中に『躍動』を、戦後にも『遠い花』などを描いている。美香子さんは同じ馬主文士の菊池寛や吉屋信子、吉川英治らに可愛がられたという。

馬主文士の草分け菊池寛

説明が遅れたが、「文士」とは、どちらかといえば破天荒な生活を送り、それが生きている証《あかし》であるかのように、身も心も削りながら文章を紡ぎ出していた一群の作家のことである。その文士が馬主となったことから、「馬主文士」と呼ばれるようになった。

「わたしが驚いたのは、お顔が菊池先生にそっくりというか、まるで菊池先生の『女形』だったということです」

馬主文士の草分けは菊池寛で、トキノチカラに代表される馬名トキノシリーズは、幻の馬として知られる永田雅一所有のトキノミノルに引き継がれた。舟橋は菊池の勧めで戦前から競馬を始め、戦後にはモモタロウを筆頭に20頭を下らない愛馬を持つことになった。菊池と舟橋とは競馬を通じ、周囲も驚くほど近しい関係になっていく。

菊池の家は雑司が谷にあって目白と近かったため、週末になると「競馬に行こう」と舟橋家まで車で迎えに来たり、またその逆もあった。美香子さんもよくお供したとのことで、「菊池先生にはとてもかなわないよ。自分だけ勝ち越すんだからなあ、スカンピン（素寒貧）になっちゃうよ、と父はいつも愚痴っておりました」など、愛娘だからこそ知り得た話を教えてくださる。著書に『日本競馬読本』を持つ菊池には独自の馬券哲学があり、やはり、なかなか強かったようだ。

菊池にまつわる秘話が

あれから何度、目白を訪れたことだろう。舟橋家の人々はみな親切で、舟橋の仕事場だった床縁を備えた書斎「残月の間」に、特別に泊めてもらったこともある。

その残月の間に宿泊した夜のことだった。美香子さんから作家の吉行淳之介が自分の部屋に忍び込んで来た話や、俳優の田宮二郎とデートした話など、有名人との艶っぽい話を聞いていたところ、「やっぱり彼女……」と、菊池にまつわる冒頭の秘話を語り始めたのである。

ことわっておくが、これは美香子さんの「思うんです話」であり、「もう時効でしょうからいいわよね、ふふふ」というちょっと危うい、むしろフィクションと思って読んでもらったほうが助かる代物である。菊池の名を汚すつもりも、細かに詮索するつもりもないことを、ご理解いただきたい。

美香子さんの思い出話

――戦後すぐの昭和21年か22年のことだったと思います。父から「菊池先生の親戚のお宅がB29にやられて困っているようなんだ。大学へ通うお嬢さんがいて、その子の部屋が近くに見つかるまで預かってくれないかと頼まれたんだよ。いいかい？」と相談を受けました。菊池先生たってのお願いであり、家にはお妾のカヨさんもいたので、わたしたちは気も紛れるかもしれないと、快く引き受けることにしました。

それから数日して、父がそのお嬢さんを連れて帰ってきました。たしか「清子」という名前だったと思います。とてもはきはきしていて好感が持てました。しかしわたしが驚いたのは、お顔が菊池先生にそっくりというか、まるで菊池先生の「女形」だったということです。菊池先生は香川県高松の出身だそうで、そのお顔は俗に「さぬき顔」というそうです。親戚というにはあまりにも似過ぎていました。それに清子さんのご家族から挨拶が一度もなかったことも、わたしの想像を強く後押ししました。はっきりと覚えてはいませんが、菊池先生が亡くなった昭和23年以降、目白におられなかったと思います。それから彼女とはお会いしていませんし、菊池先生の奥さまに尋ねることもできずじまいでした。父も、なにも語ってはくれませんでした。――

わたしはこの話を聞きながら、隠し子云々に衝撃を受けるとともに、菊池急逝直後の舟橋の動向に思いを馳せた。

清子が本当に隠し子だったとしたら、彼女の運命は舟橋がまったく握っていたことになる。どのように対処したのだろうか。菊池家に伝えたのだろうか。そもそも清子自身、菊池の子供だと知らされていたのだろうか。

馬主文士二人が織りなした競馬場外物語。競馬とは、こうしたドラマを生み出す可能性を常に孕んでおり、あまりにも劇的である。競馬にまつわるいくつかの名作が頭をよぎった。

舟橋聖一（ふなはし・せいいち）
１９０４（明治37）年12月25日生まれ。東京都出身。小説家。丹羽文雄、石川達三とともに「戦後の流行作家三羽ガラス」と呼ばれ、代表作に『花の生涯』『新・忠臣蔵』などがある。馬主文士としても知られ、愛馬モモタロウは53年秋の中山大障碍を勝利。76年1月13日死去。

菊池寛（きくち・かん）
１８８８（明治21）年12月26日生まれ。香川県高松市出身。小説家。文藝春秋社を創設した実業家でもあり、「芥川賞」「直木賞」「菊池寛賞」「日本文藝家協会」を設立した。代表作に『父帰る』『無名作家の日記』『恩讐の彼方に』『真珠夫人』などがある。馬主文士の草分け的存在で、40年春の帝室御賞典（現在の天皇賞）をトキノチカラで勝っている。48年3月6日死去。

2 馬の応援とご先祖様

――吉屋信子

トキノミノルを〝幻の馬〟と称した作家・吉屋信子は馬主文士として知られ、足しげく競馬場へ通っていた。
筆者が舟橋聖一の目白御殿で一人娘美香子さんにお伝えした吉屋と舟橋の先祖にまつわるエピソードを紹介する。

「こっちへおいでなさいよ」

おかっぱ頭からのキンキン声。しかし、それは親しげで可愛らしいものだった。

声の主は馬主文士として知られる吉屋信子。呼ばれたのは昭和の花形作家舟橋聖一の一人娘美香子で、父聖一に誘われ、馬主文士らが集う東京競馬場の万歳館で観戦中だった。吉屋も舟橋も売れっ子で忙しかったが、中山でも府中でも、競馬場ではいつも一緒になった。吉屋がどのようにして通っていたかはわからないが、舟橋の場合、なんともズル賢いというか、読売から車用の社旗をもらって自家用車に掲げ、競馬場の裏口から混雑を横目に悠々と入っていた。

今年（平成27年）で88歳になる美香子さんも、当時はまだ世慣れておらず、女性のパートナーといつも一緒だった吉屋に対し、「彼女は何者？」と心密かに防破線を張っていた。そのため、吉屋の呼びかけに「はい、先生」と反射的に返事はしたが、その声は少し震えてしまったそうだ。

両親に吉屋とその女性について尋ねたこともあったが、父聖一はニヤニヤしているだけで何も言わないし、母百子は「一緒にいてお世話している人みたいね」と誤魔化す。しかしながら、吉屋と話をしているうちに、彼女がごくごく庶民的で心優しい女性であることがわかり、普通の意味で好きになっていったという。ちなみに、吉屋は女の友愛を数多く描き続けてきた作家で、自己の同性愛体験をもとにした『屋根裏の二處女』などがある。

昭和30年のＮＨＫ盃を勝ったイチモンジと吉屋信子（写真提供：JRA）

「わたしの愛馬を応援したのがイマイマしかったというのは、
いささか八つ当たりの感がある。
先祖はどうでも、子孫は仲良くやりましょう」

貴賓室の中では

木造建ての万歳館からコンクリート建ての貴賓室に変わったのは昭和30年代のことで、貴賓室では帝国ホテルの食事を注文することができた。美香子さんは微笑みながら、

「永田雅一さんはカレーばかり食べておられました。帝国ホテルのカレーがよほどお気に召したのでしょう。吉川先生と父はそろって愛妻弁当で、吉屋先生と富田先生は何を食べていたかしら。大野伴睦さんや河野一郎さんもいらっしゃったけど、河野さんが大声でさわいでいたという印象が強くて、よく覚えていません」

と、そこでの思い出を語ってくれた。思い出話の登場人物はみな各界の著名人だが、今となってはピンとこないと思われるので、順に補足しておこう。

永田雅一は市川雷蔵や勝新太郎を世に出した映画会社大映の社長で、吉屋信子に馬主になるよう勧めた人物。吉川先生とは『宮本武蔵』の作者吉川英治、富田先生とは『姿三四郎』の作者富田常雄のこと。大野伴睦と河野一郎は日本を代表する政治家で、昭和29年に日本中央競馬会が設立された際、日本競馬の父と呼ばれる安田伊左衛門を、初代理事長として就任させたのが大野である。河野はナスノコトブキ

を代表とするナスノ軍団の馬主で、牧場も営んでいた。

「ところで、吉屋さんが、永田さんの愛馬トキノミノルの死後、〝幻の馬〟と呼んだことはご存知ですか」

「もちろんです。あの馬が死んだときは、父もとても悲しんでおりました。永田さんがその死を悼んで、同名の映画も作りました」

「ご覧になられましたか」

「はい、でも、馬が走るだけの話で、なあんの物語性もなく、騎手を目指すような人ならともかく、一般の人にはちっとも面白くなかったと思います。永田さんも大したことないなって思っちゃいました。ふふふ。むしろ高峰秀子さんが主演していた戦前の『馬』って映画のほうが面白かったと思います」

いつもながら、美香子さんの記憶力と、歯に衣着せぬ批評には驚かされる。だからこそ面白く、わたしの目白通いが続くのである。

「インターネット上でも公開されていますが、吉屋さんが舟橋さんに、あなたの馬を応援して損しちゃった的な発言をしていたことはご存知ですか」

「なんですか、それ？」

美香子さんが是非とも教えてくださいとおっしゃるので、持参した吉屋信子のエッセーをお見せし、ネットでは伝えられていない後日談を含め、お話することにした。

足尾銅山と愛馬の関係

吉屋信子のエッセー

——新年号の「新潮」の舟橋聖一氏の自伝的作品の「風中燭」を読むと、なんと谷中村悲劇の原因の足尾銅山経営の会社の支配人格が氏の外祖父だった。その祖父は巨富を積んで豪奢な生活にあったとしるされてある——してみると舟橋さんのお祖父さんのぜいたくな生活の代りに、私の父は谷中村で酷吏の名を得、あげくの果てに出張中一児を失い、母は気絶したということになる。そうとも知らず競馬場の馬主仲間の席で舟橋さんの愛馬を応援したりしてつまンなかった。——

「つまり、官職にあった吉屋さんの父親は、政府から渡良瀬川流域にあった谷中村の住民を強制退去させる役を押し付けられ、子供を亡くすほどの苦労をしたわけです。その時、銅山王古河市兵衛に命ぜられて足尾銅山の所長をしていたのが、舟橋さんの外祖父近藤陸三郎でした」

「そうだったんですか」

「ネット情報はここまでですが、実はまだ続きがあるんです」

もったいぶらないで早く教えてくださいと請われたが、すでに夜中の2時をまわっており、京都からバスと電車を乗り継いで来たわたしは、眠気で意識が朦朧としていた。そこで、続きは翌日、朝食をとりながらということになった。


翌朝は、庭から聞こえてくる散水機の回転音で目覚めた。身づくろいをして母屋へ向かうと、舟橋存命中からのお手伝いさんが買ってきてくれた「まい泉」のカツサンドとサラダが、コーヒーとともに食卓に並んでいた。美香子さんと挨拶を交わし、それらを食しながら、昨夜の続きを話すことにした。

「吉屋さんのエッセーを読んであわてた舟橋さんは、ご自分の連載ですぐさま取り上げ、懸命に弁明したんです」

「そんなことがあったんですか！」

わたしは驚く二人に、舟橋の「弁明」を彼の言葉を用いながらお聞かせした。

「吉屋さんのお父さんが政府の命令に従わざるを得なかった官職者であるなら、わたしの外祖父も古河の手足となってコキ使われた一技術者に過ぎない。吉屋さんの思いはよくわかるが、わたしの愛馬を応援したのがイマイマしかったというのは、いささか八つ当たりの感がある。わたしも吉屋さんの愛馬であるガーネット・クロカミ・ギンヨクなどのためには応援を惜しまなかったし、田中厩舎に預託しているよしみで、お互いに愛馬の勝利を喜んだはずだ。吉屋さんも半分冗談のように書かれているとは思うが、先祖のことでせっかくの馬の応援を躊躇されては、それでなくても縁起をかつぎたくなる競馬のことだから、お手柔らかに願いたい。先祖はどうでも、子孫は仲良くやりましょう」

これを聞いた美香子さんは大笑いで、お手伝いさんも「先生の困った顔が目に浮かぶわ」とクスッと笑った。

吉屋信子（よしや・のぶこ）
1896（明治29）年1月12日生まれ。新潟県出身。小説家。1916年から『少女画報』誌に連載した『花物語』で人気作家になる。52年には『鬼火』で女流文学者賞受賞。代表作に『屋根裏の二處女』『良人の貞操』などがある。馬主文士としても知られ、55年のNHK盃を勝ったイチモンジを所有していた。また、トキノミノルに対して「幻の馬」という表現を初めて使った。73年死去。

3 彼女に学ぶ競馬の歴史
――舟橋聖一

文士・舟橋聖一が著した競馬小説『遠い花』は、
昭和22年9月から翌23年12月に連載された。
その主人公である満千子の言動から
戦中戦後における競馬の変化の一端を読み解く。

舟橋聖一『遠い花』は、昭和22年9月号から翌23年12月号の『優駿』に連載された、わたしの知る限り、日本人女性を主人公とした初の競馬小説である。

主人公は、美貌の持ち主で家柄も良い満千子。今となっては「まちこ」という名前に、なぜ「満」という漢字を当てるのかと不思議に思う人がいるはずだ。しかしながら、昭和戦前期の子供の名前に、実質的に日本の植民地だった満洲の一字を用いるのは、よくあることだった。『エーゲ海に捧ぐ』で芥川賞を受賞した池田満寿夫もその一人である。

舟橋らしき文士が登場

小説ではその満千子が、舟橋らしき馬主文士の門先生に、大好きな競馬によって浮沈する自身の半生を赤裸々に語っていくスタイルがとられている。読み進めていくとわかるのだが、彼女の競馬はその勝敗にかかわらず、必ず男が絡んでくるから大変だ。

そして最終回では、〈この長い身の上話を、満千子の口から、聞いたのは、国営競馬のはじまつた今年の秋の中頃であつた〉と門先生が代わって語り出し、彼女の物語に感動のラストシーンをもたらす。競馬の奥深さと男女関係の不可思議が絶妙に重ねられており、色恋を書かせたら右に出る者はいないと評された、舟橋聖一の面目躍如といったところだ。

さきに舟橋らしき馬主文士と書いたが、当時の文士は芸能人のような存在で、マスコミによって私生活が多く報道されていて、読者が「ああ、舟橋がモデルだ」とわかるほどそれが色濃く反映されていたからである。のみならず、挿絵に描かれた門先生の和服姿も、ちょっと薄くなった髪の塩梅まで、面白

ヒサトモが早め先頭から押し切った、昭和12年の東京優駿大競走（現在の日本ダービー）のゴール前（写真提供：JRA）

いほど舟橋その人なのだ。

少し脱線するが、髪については舟橋自身も少なからず気にしていた。愛馬モモタロウが昭和25年の中山の新馬戦で優勝した時、

〈馬場へ出て、手綱は息子が取る。カメラにおさまる。秋風が、私の顔を吹く。一寸、得意満面といいたいところだが、内心、照れ臭い方が先きである。気がつくと、帽子を冠っていた。どこで冠ったかはしらないが、会員席のバルコニーから、光る後頭部をのぞかれまいための心づかいとは、われながら、芸はこまかい〉

という感想を残している。

果して、ヒサトモは、逃げ切りでした。第三コーナーから、三分三厘あたりのスピードつたら、まつたく胸のすくやうな思ひでしたわ。

ところで、従来の日本競馬会のあり方が、独占禁止法に接触するとの指摘をGHQから受け、新たに国営競馬が始まったのは昭和23年9月のことだ。とすれば、門先生の語りは、読者にリアルタイムのものとして受け取られたことになる。

しかし、満千子の語りは戦前から始まるものなので、その期間の競馬にまつわる事柄や変化、そして女性たちが受けた差別までがよくわかる。これがこの小説のミソであり、満千子の物語に舟橋が込めた意味となる。

たとえば、戦中戦後における競馬の変化などは、馬券の購入方法によく表れている。満千子は言う。

〈昔は、二枚買つたゝめに、つかまつて、珠数つなぎにされ、府中の警察へつれていかれて、二晩も三晩もとめられたり、デカに殴られたりしたものですし、福島や新潟では、夜中に宿屋の臨検があつて、あまり沢山お金をもつてゐると、怪しまれたりしたものです。昔、あんなに苛酷に咎め立てしたものを、こんどは、買へ、買へと、追立てるやうにいふ〉

戦争終結をきっかけに、今まで白だったものが黒になり、黒だったものが白となる。そうした大きな価値転換が競馬界でも起こっていたわけだ。

また、女性たちへの差別はといえば、夫と同伴以外の婦人客は入場禁止にすべきとの暴論が生じ、競馬新聞にも「婦人入場罷りならぬ」と掲載されたことが取り上げられている。これは、主戦派の圧迫を受け、競馬の自粛自制が強要され始めた昭和15年以降の話である。それに対して満千子は、本当の夫婦か出来合いの彼氏か区別もできないし、競馬に行きたいがためにわざわざ彼氏を作ればいっそう風紀も乱れるだろうにと、一笑に付している。

では、具体的に、満千子はいつから競馬を始めたのか。それを知るべく、彼女と門先生の会話に聞き耳を立ててみよう。競馬からどうしても足を洗えない満千子が、門先生に相談しているシーンである。

「そんなに、好きなのですか」

「三度の御飯より」

「困つた人だね」

「はい。自分でも、ホトホト、困つてしまひます。正直に申しますと、競馬のために、一生をあやまつたといつていい位ですの。何しろ、ヒサトモが、ダービーに勝ちましたでせう――あの時、以来ですもの。もう、相当、古株ですわ」

「私は、トクマサの時からだから、あなたより、一年先輩でしかない」

ヒサトモが日本ダービーを制したのは昭和12年4月29日のことで、新聞には「ダービー大番狂はせ」という見出しが躍った。牝馬そして関西馬が栄冠を手にした最初のダービーで、予想はゼネラル、ハツピーマイト、キヨクジツの順となっており、穴がガイカだった。

作中にダービー回想シーン

小説には満千子が、そのダービーを回想しているシーンがある。

〈果して、ヒサトモは、逃げ切りでした。第三コーナーから、三分三厘あたりのスピードつたら、まつたく胸のすくやうな思ひでしたわ。でも、ゴール前で、ツバクロダケに追ひこまれたときのスリルは、何ともいへませんでした〉

　これがあまりにも臨場感溢れるものなので「もしや」と思い、舟橋の戦前日記を調べてみた。すると、

〈一人で府中へ行く。富田夫妻と半分づつで買ふ。はじめ、若干もうけ、トクライト、フクリユーですつたが、思ひきつて第十競馬で、カンバイを買つて、取りかへし結局五円もうけた。ダービーは、予想をうらぎりヒサトモが一に着いた。ハツピーマイトやゼネラルは等外〉

と記されているではないか。ちなみに、富田とは『姿三四郎』の作者で、戦後同じく馬主文士となった富田常雄のことである。

　さらに別の資料を調べていくと、舟橋が競馬を始めたのは自身がモデルとなっている門先生同様、トクマサが勝利した昭和11年のダービーからであり、実際にダービー観戦に行ったのが翌12年のヒサトモの時だったこともわかった。

　わたしはもう何ともいえない心持ちになり、研究室の床の上をゴロゴロと転がった。

4 馬産物語の誕生

――舟橋聖一

舟橋聖一が初めて手掛けた競馬小説『躍動』からは
舟橋の競馬、馬産に対する考えが垣間見える。
舟橋聖一記念文庫におけるエピソードとともに
この名高い「馬産物語」の概要を紹介する。

昭和2年のことである。

新しもの好きな菊池寛は「座談会」と銘打って人々を集め、自身の雑誌『文藝春秋』にその会話の様子を掲載するという、ちょいと洒落たことを始めた。

それまで2人で行う「対談」や3人で行う「鼎談」はあったが、それ以上の人数で行うものはなかった。一般的にあまり知られていないが、この座談会という形式は菊池の発明だった。以後、多くの雑誌でこの形式が用いられるようになり、現在に至っている。

昭和23年2月号の『優駿』においても、菊池寛と舟橋聖一をゲストに迎え、「競馬放談」なる座談会が開かれている。菊池は3月に狭心症で急逝してしまうので、これが最後の座談会となった。

元気な自分が近々に死ぬなんて夢にも思わなかった菊池は、大好きな競馬の話を、とくに場内の掲示板や放送のあり方など、最後の最後まで熱心に語っていた。舟橋も懸命に意見を述べているが、それは〈僕など馬券はただ勝馬を当てたときの証拠物件として買うだけです。ギャンブルとしての楽しみではない〉といったもので、わからなくもないが面倒くさい。しかし、そこが舟橋らしくて憎めない。

そんな堅苦しくも熱い舟橋の競馬愛を、たっぷりじっくり読み味わうことのできる小説がある。それが『躍動』だ。

『躍動』は、舟橋が初めて手掛けた競馬小説で、昭和17年8月号から翌18年8月号の『優駿』に連載された。彼はこの執筆のために、各地の牧場と馬産地を一年に渡って見学して歩いている。

『躍動』（舟橋聖一 著／非凡閣 刊、昭和21年11月30日発行）

堅苦しくも熱い舟橋の競馬愛を
たっぷりじっくり読み味わえる小説。
それが『躍動』だ。

競馬愛あふれる「馬産物語」

小説はスタートから舟橋の競馬愛がほとばしる。

〈今日のサラブレッドは、もはや自然の動物ではなく、人工による一個の芸術品なりといふも過言ではない。サラブレッドの生産育成といふことは、恰も彫刻家が彫刻し、又は、画家が画《ゑ》をかくあの芸術的精神、真剣さと寸分異ることはない故に、サラブレツド生産者は、又、立派に芸術家といひうるのである〉

この、サラブレッドは芸術品で、その生産者は芸術家というくだりは、のちに牧場の経営者となる若き主人公の孝二が、牧場長であり調教師の杉脇から借りた、『競走馬の育成』という指南書の一節である。もちろんこの指南書は架空のもので、そこには舟橋の馬産に対する考えが打ち出されている。

そしてこの指南書を読んで心打たれた孝二は〈僕は少々、自分の不明を恥じてゐますよ〉と、競馬に対するマイナスイメージが自分勝手な思い込みであったと反省する。ここから彼の馬産者としての真っ直ぐな成長が、愛馬ヤクドウの東京優駿（日本ダービー）勝利までの長く険しい道のりを通して描かれることになる。そう、この小説はサラブレッドのみならず、それを育てる人間にスポットを当てた「馬産物語」なのだ。

舟橋は、この馬産物語によって日本の競馬小説の先駆者と目されることになるが、それ以前に競馬に関する小説がなかったわけではない。

たとえば、昭和5年の大庭武年『競馬会前夜』や7年の郡司次郎『競馬場で拾つた女』、そして11年の中河與一『愛恋無限』などである。しかし、それらは競馬を物語の背景として用いるか、道具として取り込んでいるに過ぎなかった。そのため、競馬を主題として真正面からその世界を描き出した『躍動』が、本格的な競馬小説として評価されたのである。

さて、わたしが実際に『躍動』を読んだのは2年前（平成25年）の夏、滋賀県彦根市立図書館内にある舟橋聖一記念文庫を訪れた時である。

彦根駅から文庫までは徒歩15分ほどで、その間には、幕末の大老井伊直弼の居城として名高い彦根城が青空を背景に美しい。この彦根を舞台とした歴史小説『花の生涯』が舟橋の代表作で、大河ドラマの1作目に選ばれている。舟橋はこの活躍によって彦根の名誉市民となり、没後、市立図書館内に文庫が設けられたのだった。

文庫には舟橋の蔵書約4万点が保管されており、『優駿』も昭和16年5月の創刊号からすべて揃っていた。そこで、文庫創設時からの職員である木村さんにお願いし、『躍動』の掲載号を書棚から抜き出してもらうことにした。木村さんは、舟橋の一人娘美香子さんに私を紹介してくださった恩人でもある。

競馬雑誌『優駿』も疎開

「うちには舟橋さんが競馬場で使っていた双眼鏡やら、馬主のバッチやら、優勝トロフィーやら、いろいろありますが、戦前の競馬雑誌まであったんですね」

「こうした戦前の雑誌や資料を見ることができるのも、舟橋さんが書物を疎開させてくれたおかげです」

「書物を疎開させはったんですか？」

「はい。昭和19年のことです。目白駅で貨車一台を借り切って、たしか家財道具と一緒だったと思いますが、明治大学の教え子さんを頼って盛岡に送ったんです。彼の回想記に書いてありますが、大変苦労したようですよ」

「なるほど。スクラップブックやら、旅行案内やら、戦前のものがなんであんなに沢山残ってたんか不思議やったんです」

「たぶん書物を疎開させたのって、舟橋さんぐらいじゃないでしょうか。普通は諦めてしまいますよね」

わたしは木村さんから手渡される掲載号に、図書館特製の群青色した細長い栞を挿んでいった。実はこの『躍動』、戦後の昭和21年に単行本『躍動』として刊行されており、こちらは少し前に入手していた。

わたしの密やかな楽しみは、こうした戦中の雑誌掲載と戦後の単行本があった場合、その2つを同時に開いて比較することである。戦中の小説は戦争に協力した「国策文学」の可能性が高く、戦後の単行本において、作者がそれとわかる表現をカットしたり、修正したりすることがあるからだ。それを見つけて喜ぶのである。そのため両方が手に入るまで我慢するのだが、ちょっとどうかと思われる嗜好なので、我ながら不安になる。

2種の『躍動』が手に入った以上、少しでも早く読みたいので、文庫近くのファミレスへ走った。

そして雑誌と単行本を同時に開くのが難しい。経験がものをいうが、開いてすぐに気づいた。単行本『躍動』に挿絵はないが、雑誌『躍動』にはあった。タイトルを取り囲むように駆ける3頭のサラブレッドが柔和で童話的だ。それは昭和を代表する洋画家で、戦前にドイツで絵画を学んだ脇田和の筆によるものだった。

その他は一言一句、異同なし。

しかしながら物語には、「国策競馬」の認識を読者に促すための言葉がちりばめられていた。だがそれは戦争協力というよりも、馬産者の誠実を引き立てるものへと転化されている。そのため戦後の単行本でも修正の必要がなかったのだろう。そこらへんが作家舟橋聖一の上手さであり、ふてぶてしさなのだ。そしてそれは座談会の発言でわかるように、面倒くさいが率直で心地よい。

5 大連競馬ミステリー

昭和5年、『新青年』に掲載された『競馬会前夜』は大庭武年による日本初の競馬ミステリーである。大庭はなぜ競馬を題材にした探偵小説を、しかも当時のモダン都市・大連を舞台に描いたのだろうか。

——大庭武年

かつて「彗星」という競走馬がいた。競馬が流行していた戦前の大連で、誰一人として知らぬ者はいない名馬だった。

とはいっても『競馬会前夜』という探偵小説の中で、殺人ならぬ殺馬されてしまう悲劇の牝馬のことである。競走馬が殺されるなんて許しがたい話だが、そこはグッと我慢することにした。なぜならこの小説こそ、日本で初めての競馬小説であり、ミステリーだからだ。

小説の舞台となった大連は、もとはロシアが中国から租借し、日露戦争後に日本が受け継いだ植民地だった。多くの日本人が移住した人気のモダン都市で、この時代の大連に関しては、芥川賞を受賞した清岡卓行の『アカシヤの大連』に詳しい。

その大連の郊外に1周1マイル（約1600メートル）の「星ヶ浦競馬場」があり、大正の広重と呼ばれた地図絵師・吉田初三郎の鳥瞰図にも描かれているが、彗星はそこで活躍していたことになる。

小説は、彗星が騎手によって射殺されたと推定されるところから始まる。

〈一九××年十月三日早暁——詳しく言へば、午前五時五分、我がD市警察署の当直司法係R警部補は、市外西山屯（註、D市より約八粁の郊外）安田農園主安田善作氏より、突如電話を以て、同家飼養の競馬馬名称「彗星」が、同じく同家傭人同「彗星」の騎手戸倉定雄の為めに（と推定されるのであるが）射殺せられたりと云ふ届出に接した〉

この事件現場となった〈D市〉が大連なのだが、しかし、なぜ作者はこの大連を舞台として前人未到

吉田初三郎による鳥瞰図「大連」（昭和４年）。右上に「競馬場」の表記がある。

の競馬ミステリーを描いたのだろうか。当時、大連で競馬が流行していたという理由だけなのだろうか。その謎を解くべく、小説に関する基礎データを集めてみた。

競馬とモダン都市

大庭武年『競馬会前夜』は、昭和5年12月号の『新青年』に掲載された。

当時はモボ・モガ（モダンボーイ・モダンガール）と呼ばれた流行に敏感な若者たちが都市を闊歩しており、『新青年』はそんな彼らの欲望を満たすハイセンスで国際性豊かな雑誌だった。

そしてこの『競馬会前夜』、タイトルだけなら20年ほど前から知っていた。

大学院生時代、日本文化を研究していたアメリカ

郷警部の聞き取り調査のおかげで
物語中の事件が解決したのみならず、
競馬が題材になった謎まで
解くことができた。

人の友達から「男同士の恋愛小説を知りませんか？もしくはそういうのが書いてありそうな雑誌を教えてくれませんか？」と頼られたので、それなら『新青年』だと思って一緒に図書館で探していたところ、偶然見つけたのだ。タイトルで競馬小説とわかったので、いつか読もうとコピーを取っておいた。それが今になって役立っている。

のちにカミングアウトして周囲を驚かせた彼も、お目当ての作品を見つけることができて喜んでいた。わたしにとって『新青年』とは、そうした思い出を伴う雑誌でもある。

そういえば、性欲を主題とした森鷗外の小説『ヰタ・セクスアリス』には、明治期の学生にとって男色が日常のことだったことが描かれていた。

〈学校には寄宿舎がある。授業が済んでから、寄つて見た。ここで始て男色といふことを聞いた。僕なんぞと同級で、毎日馬に乗つて通つて来る蔭小路といふ少年が、彼等寄宿生達の及ばぬ恋の対象物である。蔭小路は余り課業は好く出来ない。薄赤い頰つぺたがふつくりと膨らんでゐて、可哀らしい少年であつた。その少年といふ詞が、男色の受身といふ意味に用ゐられてゐるのも、僕の為めには新智識であつた〉

明治とは、男色が硬派と呼ばれていた時代であり、また、馬に乗って通学していたよき時代でもあった。

こうした時代も、戦争と大震災を経て昭和に入ると大きく移り変わる。コンクリート建てのビルディングが立ち並び、地下鉄や自動車が走り回るなど、近代化の勢いが加速した。それを背景に探偵小説は育まれていったのである。

話をもとに戻そう。作者の大庭武年は幼少期を大連で過ごし、早大英文科卒業後に再び大連に戻った人物で、大連きってのモダンボーイだった。昭和9年から満鉄に勤務し、20年に応召されて戦死しているため、作家としての活動は短かった。ゆえに彼に関するデータも少ないわけだが、デビュー作もまた大連を舞台とした探偵小説だったことが、『競馬会前夜』冒頭の注意書きからわかる。

〈読者諸氏に予め断つて置かなければならぬ事は、此の事件は舞台一切を植民地都市D市に持つてゐる事、そして又郷警部なる人物は、既に本誌十月号掲載「十三号室の殺人」の読者は知らるゝ如く、少壮乍らD市警察署捜査課長として令名ある名探偵である事である〉

つまり大庭は、大連在住という強みを活かし、

『新青年』が志向するモダンで国際的な作品を描いたことになる。

これでなぜ大連を舞台にしたのかという謎は解けた。あとは、なぜ競馬を題材にしたのかという謎を残すのみだ。

軍馬育成としての競馬

さきの注意書きにあるように、『競馬会前夜』にはデビュー作に続いて郷警部なる名探偵が登場する。郷警部の鋭い観察眼のおかげで、犯人は騎手の戸倉ではなく、農園主であり馬主の安田であったことが証明され、事件は見事解決する。

安田は常勝の愛馬彗星に大金を賭けていたが、今回は確実に敗戦するという情報を部下から入手する。そこで戸倉の犯行に見せかけて競馬会前夜に彗星を殺害し、大金を失うのを避けようとしたのである。しかし残念なことに、郷警部には江戸川乱歩の名探偵・明智小五郎のような強い個性もなければ魅力もなく、謎解きを解説するレポーターでしかない。ただ、彼の聞き取り調査のおかげで、物語中の事件が解決したのみならず、作者大庭がなぜ競馬を題材にしたのかという謎まで解くことができたので、そういう意味では名探偵と呼べる。

郷警部はその調査において、農園主の安田からは彗星が〈アングロアラブ種〉であることを、そして、安田の腹心の部下で他馬へのスパイを務めていたスミルノフというロシア人からは、今度の競馬会では〈サラブレッド種〉が出場するので彗星に勝ち目はないと報告した〝真実〟を引き出していた。

戦前の日本において競馬は、とくに大連などのいわゆる「外地」では、スポーツ以上に軍馬の質的向上が重要視されていた。そのため、スピードはあるがひ弱なサラブレッドよりも、丈夫で粗食にも耐えるアングロアラブの生産と育成が奨励されていた。こうした血統の問題を抜きにして『競馬会前夜』という競馬ミステリーは誕生しない。

そう、大庭は競馬を知っていた。そして小説にするほど好きだったのだ。

大庭武年（おおば・たけとし）
1904（明治37）年9月7日生まれ。静岡県出身。作家。早稲田大学卒業後、幼少時を過ごした大連へ。30年、『新青年』に懸賞入選小説『十三号の殺人』が掲載されたのをきっかけに探偵小説作家として活躍する一方、満洲でも文筆活動を展開。34年には南満洲鉄道に入社し、現地の宣伝・工作に携わる。45年に応召し、同年8月、ムーリンにて戦死。

6 スガタ牧場に見た夢

――富田常雄

柔道小説『姿三四郎』などで知られる作家・富田常雄は、のちに自らの牧場を開設するほど熱心な馬主文士だった。筆者自身の競馬に関する青春時代のエピソードとともに、富田が牧場を持つほどに懸けた競馬への熱意を読み解いていく。

馬主文士で牧場を持ったのはこの人だけだろう。柔道小説『姿三四郎』で一躍流行作家となった富田常雄である。

菊池寛の勧めで昭和24年に馬主となり、最初の持ち馬に「スガタ」と名づけた。その後も「ミネノスガタ」「ツキノスガタ」と馬名にスガタを多くつけたが、このツキノスガタが牧場を持つきっかけになった。富田は言う。

〈わたしを驚かせた迷馬は沢山ある。「ツキノスガタ」という牝馬は遂に競馬に使えなかつた上、牧場へ帰しても、子供さえ生めなかつた。折り紙つきで買つたはずだつたが、モヤシであつた。売らんかなの生産者が、しばしば成作する見てくれ馬である〉

こうした〝迷馬〟を買ってしまった原因が、その育成過程という最大のポイントを見知っていないことにあると考えた富田は、どうしても自分の牧場がほしくなったのだ。そして昭和36年、ついに北海道日高は静内に牧場を設けてしまう。牧場名はずばり「スガタ牧場」。これには馬主席で一緒だった吉川英治も舟橋聖一も大いに驚き、そして応援した。

富田の競馬に関するエピソードは、その真剣な馬への愛情がゆえに生み出されていることが多い。雨に弱いミネノスガタのために成田山までお参りに行ったこともあったし、どんなに機嫌の悪い時でも「先生、スガタは実に名馬でしたな」と切り出されると、たちまち気分がよくなり、ついつい原稿を引き受けてしまう。

そんな彼の馬への愛情は、厩務員に馬に乗せてもらい、そのビロードのような毛に触った4歳の時に始まる。そして大学時代には、その深すぎる愛情の

富田常雄と愛馬ベンケイ（写真提供：JRA）

せいか友達に顔の長いのが多く、馬というあだ名の親友までいた。さらには吉原帰りのツケウマ、馬喰、馬並み（友人がつけた悪意あるあだ名）など、富田の青春には馬がついてまわったという。

　富田のそれは大正末年ごろの話だが、こうしたエピソードを拾っていくうちに、わたしはなんだか彼に近しい感情を抱くようになった。それは自分の青春にも「馬」がついてまわった時期があったなあと、しみじみ思い出したからだ。

「馬主の楽しみは
勝って、馬の口を取って
写真を写して貰う時だけだよ」

競馬のためにアルバイト

同じく競馬を愛してやまない友人が、こんな手紙を送ってきたことがあった。

「競馬をやっていると一週間、火曜を除くと、暇をもてあますことがありません。土日がレース。月曜日はスポーツ紙などで結果分析。水木が追い切り。金には土のレースの詳細が発表になります」

まったくその通りで、実に毎日が忙しかった。わたしは生活費を得るためのアルバイト以外に、効率よく競馬の軍資金を稼ごうと、普通の人ならやらないような仕事に手を出していた。アスベストの除去作業である。その仕事先が馬込エンタープライズという「馬」がついた名前の会社で、わたしの青春と切り離せないものとなっている。五反田から都営浅草線に乗り換え、数駅先の西馬込まで通ったが、今はもうない。

エンタープライズといえば映画の『スタートレック』を思い起こすが、その理知の世界とは遠くかけ離れた、前近代的なビルの一室を借りただけの小さな会社だった。80過ぎのぼんやりした社長が経営していて、社員はすぐにでも辞めそうな2人がいたきりだった。あとはわたしのような日雇いが数人で、毎朝7時に会社の玄関前に集合し、現場へ車で向かった。車といっても錆だらけのワンボックスで、後部座席はついてなかった。体育座りになってみんなと向き合い揺られるその姿は、売られていく仔牛、まさに〝ドナドナ〟だった。カルチャーショックは文化の違う外国で受けるものとばかり思っていたがそうではなく、日本国内でも生じることを、わたしはここでの体験から学んだ。

ほかにもっといい仕事があったかもしれないが、アスベストがどれほど危険なものか、当時のわたしはわかっていなかったし、また誰も教えてくれなかった。ただ、日当が1万5000円という高給であったこと、そして「仕事でなにか起きても自己責任とします」という誓約書に指印させられたことだけが現実だった。

すべては週末のため、火曜から木曜まで三日働いて4万5000円。それを握りしめて府中に通った。

競馬小説に込めた願い

ところで、富田には『野火』を筆頭に競馬を描いた小説がいくつかあるが、その中でも、スガタ牧場が創設された昭和36年に始まった新聞連載『風神雷神』の競馬のくだりに心打たれる。

主人公の菊川は、新聞記者であり親友の安田に誘われ、東京競馬場に出かけて初めてやった競馬で〈連勝式、1番、4番、一万五千二百十円〉という大穴を取る。4番のスナップはあり得たが、1番のフウジンは今まで一度も勝ったことのない着外15回という馬で、勝ち目はないはずだった。しかも菊川は同じ馬券を10枚購入していたので、安田の給料3ヵ月分に相当する〈十五万二千百円〉という大金を、フウジンの勝ち時計の1分42秒で得てしまう。

しかしわたしが心打たれたのは、この菊川の武勇伝などではなく、フウジンの馬主である映画監督の牧博文とその娘紀代子のやり取りであった。

「馬主の楽しみは勝って、馬の口を取って写真を写して貰う時だけだよ。大レースを取って、高い所、ほら、あすこの」

振り返って、博文は表彰台の方を顎で指した。

「あすこへ登って賞品や賞状を貰うのが最高なんだが、わしは不幸にして未だ登ったことがない」

「サラブレッドとアラブのフウジンと二頭だけですもの、図々しいわ」

「待ってろ。今にダービーを取るから、はっはっ」

富田の愛馬ミネノスガタは、ダイヤモンドステークスをレコード勝ちしているが、その後はチャンスを逃し続け、アラブのベンケイも走ったが、なかなか思うように成績が伸びなかった。

このやり取りにおける〈今にダービーを取るから〉という馬主のセリフは、富田自身の願いであり、スガタ牧場に見た夢だったのではなかろうか。

富田常雄（とみた・つねお）
1904（明治37）年1月1日生まれ。東京出身。小説家。1942年に発表した『姿三四郎』がベストセラーとなり、翌年、黒沢明により映画化。『面』（47年）『刺青』（48年）ほかで、49年上半期の直木賞を受賞。67年死去。

7 当て馬

舟橋の競馬体験をつづった日記にも登場する作家・片岡鉄兵は
「鉄兵さんに会うには競馬場」というほどの競馬好きだった。
片岡の代表作である『朱と緑』の一節から、
今昔を問わぬ競馬と「男女のかけ引き」の相関に思いを馳せる。

――片岡鉄兵

昭和51年1月13日、東京下落合の自宅に横付けされた救急車の中で舟橋は、妻百子と一人娘美香子に、「もうダメだ、ぼく、今日死ぬよ」と気弱い声で言った。

日本医科大学付属病院に運ばれた時にはすでに意識不明。71歳だった。

昭和の花形作家だった舟橋聖一が最初の心筋梗塞の発作に襲われたのは『関白殿下秀吉』を連載中の昭和45年9月。二度目が50年12月。そして三度目で帰らぬ人となったわけだが、そんな舟橋が残した戦前日記には、根岸や府中などにおける競馬体験までが記されていた。

たとえば、昭和12年における根岸競馬場での3日間はこのようなものだった。

○5月21日
家政学院のかへり百子（妻）と根岸へゆき一つも当らず、豪雨の中ビシヨ濡れにて帰る。もう競馬はよさうと思ふ
○5月22日
明法戦を犠牲にして根岸へいつたが、リウセン一つあてたゞけで四十円の損。帰つて原稿書けず、アンマをとる
○5月23日
たうとう、最後の根岸へゆく、スクオールを買つて穴場を出ると淑ちゃん（親戚）に遭つた。それから鉄兵、サトーハチロー、その弟にあふ。五円しかないので鉄兵さんにあと五円かり、サトー氏とノツて、タツクモの複を買つたら四十六円ついた。今日

わたしが小説を読んで面白いと感じるのは人間臭さというか、人間が持つ本質的な何かを強く見出した時のようだ。

はトン〳〵。かへり鉄兵さんの車で帰る。大隈で、松魚と鯛のあら煮をたべる

ここには妻を連れての負け戦で、〈もう競馬はよさうと思ふ〉が、結局は最終日まで通い続けてしまう舟橋の姿があり、思わず「みんな同じだよ、頑張れ」と励ましたくなる。

『朱と緑』（片岡鉄兵 著／コバルト社 刊、昭和11年９月15日発行）

舟橋の日記に登場

日記には競馬好きの作家が舟橋のほかに2人登場しており、そのうちの1人が詩人のサトウハチローである。彼の作詞した童謡「ちいさい秋みつけた」はあまりにも有名だ。サトウの場合、家族がみな競馬をやっていて、父は菊池寛と並ぶ佐藤紅緑。母はその父よりもいくらか競馬がうまかった。そして異母妹で作家の佐藤愛子も競馬と縁が深い。

もう1人は、舟橋に〈鉄兵さん〉と呼ばれる当時の流行作家・片岡鉄兵である。彼の競馬好きはあまり知られていないが、舟橋ら後輩からは

「鉄兵さんに会うには競馬場」と言われるほどだった。また、昭和11年に全国各地の競馬団体が統合されて日本競馬会が結成され、16年にその機関誌『優駿』が創刊されるのだが、それに初めて競馬小説『美しき闘志』を連載したのが片岡だった（79頁「17 戦前文士の競馬模様」で詳しく述べる）。

片岡は川端康成や横光利一とともに新感覚派の一人として文壇デビューするが、まもなく時代の影響で左傾し、プロレタリア文学の書き手となる。しかし昭和7年の共産党事件で逮捕され、転向を余儀なくされた。その後は大衆小説の執筆に力を入れるようになり、昭和10年の『花嫁学校』、11年の『朱と緑』において独自のモダンガール像を描いて新聞読者の心をつかみ、後者は翌年松竹で映画にもなった。

わたしはその映画『朱と緑』をビデオで観て、競馬が出てくる物語であることに気づいた。小説からその該当箇所を抜き出してみよう。

馬は八頭、二千メートルのスタートを切った。思いも掛けもない馬が素晴らしい速度で先頭に逃げるので、スタンドではアッと数万の観衆が声を吞んだ。

「あゝ、また四十円とられたか」

橋本のうっかり洩らした嘆息は、観衆でギッシリ詰ったスタンドの隅で震えた。

単と複と、二枚買った。どちらも巧い穴を狙ったつもりだったが、やがて向う正面に線を曳いた馬の列のどこを走っているのやら、雪枝は橋本にそっと囁いた。

「いま何番目を走ってるの？」

「うん」

橋本は放心したような眼で向うを見るだけで、何とも答えなかった。

競馬と男女のかけ引き

舞台は阪神競馬場。橋本は〈若い娘を競馬で昂奮させておいて、どこかへ連れて行く〉という計画を立てるが、それが思うように進まない。ここにはそんな彼の心情が表れている。この橋本という男は、名門の人間を担いで内閣を動かそうとする五十がらみの政治ゴロで、若くて美しい雪枝を狙っているのだ。

このように『朱と緑』において、競馬は男女のかけ引き、もしくはその運命を変えてしまうものとして導入されているが、こうした競馬の使い方は中河與一『愛恋無限』や舟橋聖一『遠い花』などにも見られるし、探せばほかにもあるだろう。

ちなみに映画では、橋本を松竹の名脇役・河村黎吉が好演しており、いかにも怪しげでよい。対する雪枝を演ずるは、歌う映画スターの草分け高峰三枝子。あんなにチャーミングだったら、たしかに競馬を利用してでも口説き落としたくなる。ただ東京育ちの高峰が大阪の雪枝を演じるのは、言葉の面で少し難しかったようだ。

それにしても〈若い娘を競馬で昂奮させておいて、どこかへ連れて行く〉という橋本の発想はえげつない。しかしながら昭和のおじさんの悪い匂いがプンプンしていて、そうした意味で好ましい。若い子を口説くために、ひと手間もふた手間も掛けるあたりがいいのだ。すぐに金で解決するのではつまらない。

わたしが小説を読んでいて面白いと感じるのは、どうやらこうした人間臭さというか、人間が持つ本質的な何かを強く見出した時のようだ。

そういえば先月（平成27年10月）、大井競馬場で「恋する競馬体験うまコン」なるものが開かれていたが、それは『朱と緑』の橋本がやったのと同様、競馬で興奮させて男女の関係に持ち込もうとするものだった。大井のホームページにも、〈気になる人と同じ馬を応援すれば、ドキドキで盛り上がること間違いなし！あなたも「恋する競馬体験うまコン」に参加して、本命のパートナーを見つけよう！〉とズバリ書かれている。

等しく競馬を使った男女のかけ引きではあるが、こちらは本命探しの集団お見合いのようなものなので性質は違う。だがしかし、競馬でドキドキ興奮させることで目的を達成しようとするところは一緒だ。

競走馬も、まさか自分たちが人間を興奮させるための〝当て馬〟にされているとは、夢にも思うまい。

片岡鉄兵（かたおか・てっぺい）
1894（明治27）年2月2日生まれ。岡山県出身。小説家。21年発表の『舌』で文壇に出る。24年に文学雑誌『文芸時代』の創刊に携わり、本格的に文学活動を開始。プロレタリア文学の書き手として活躍するも、32年に共産党事件で逮捕され、大衆作家に転向。代表作に『綱の上の少女』『花嫁学校』『朱と緑』など。44年死去。

8 ユーモラスな馬人生

舟橋とも親しかった人気作家・北杜夫の晩年の作品
『マンボウ 最後の大バクチ』の中に、競馬に関する記述がある。
娘由香とともに上山競馬場へ訪れた際のエッセーから、
文中に秘められた娘への感謝の言葉を読み解く。

——北 杜夫

前略

小生、このたびまたもや精神状態おかしく、ついに文士をやめ、地球を救うためマイシンすることになりました。

それで、皆さまにも迷惑をかけますし、この際、キアラの会のメンバーからはずして頂きます。これは小生の病気というのでなく、小生はこの際、一切のグループから離れたく存じます。キアラはグループでないとおっしゃられるかも知れませんが、とにかくグループにはちがいなく、小生はやはり一匹小羊としているほうがふさわしいと決心しました。(尚、文芸首都はまだ脱会しませんが、これは保高先生が老齢で病床にあられ、かつ小生が少しは経済的援助をしなければならぬ立場にありますので、名前だけもう少しいます)

先生はじめ、皆さま方のこれまでの御厚情をもとより忘れるものではありません。皆さま方とはもちろん今後もつきあわせて頂き、教えをうけたいと存じます。ただ、グループの一員をやめるわがままを、なにとぞお許し下さい。

これまで、たいへん御厚情を頂き、たいへんな御馳走を頂きましたこと、終生忘れぬつもりであります。

ぶしつけな申し出を、なにとぞお許し下さいませ。先生の御健勝を祈り申しあげます。

一月六日

北 杜夫拝

舟橋聖一様

玉案下

山形県上山市にあった上山競馬場（写真提供：Gallop、平成10年撮影）

手紙の差出人は、あの「どくとるマンボウ」シリーズで知られる作家の北杜夫。受取人は文壇の大御所・舟橋聖一。消印は昭和43年1月8日となっている。舟橋宛の手紙や葉書の調査をしていたら、にゅっと出てきた。

舟橋も面食らっただろうが、わたしも驚いた。なんせ〈文士をやめ、地球を救うためマイシンする〉というのだから。精神状態がおかしくて文士をやめるというのはわかるが、いったい地球を何から救おうというのだろうか？

SF的な謝意文

北を可愛がっていた先輩作家の三島由紀夫や、友人でSF作家の星新一は、かつて日本空飛ぶ円盤研究会に所属しており、三島の小説『美しい星』には

「もう女の人にももてないし、
強いお酒も飲めないなら、
人生最後のギャンブル人生というのも
悪くないんじゃない？」

空飛ぶ円盤や宇宙人が出てくる。しかし、北のそれは小説ではない。

彼の年譜を見てみると、昭和41年ごろから躁鬱気質が判然としてきて、翌42年の暮はちょうど躁期に入っていた。北には、躁になると作家以外の職業に憧れる特徴があり、この時は地球防衛軍のようなものだったと思われる。

というのは、テレビで『ウルトラマン』が放映されていたのが昭和41年7月から42年4月で、それ以降、ハヤタ隊員ら科学捜索隊は画面から消え失せ、誰も怪獣や宇宙人から地球を守っていなかったからだ。

「自分がやるしかない」

北はそう思ったに違いない。宇宙人や怪獣、彼はそうしたものから地球を救おうとしたのだ。

しかし、このユーモラスな書き出しにこそ、北の舟橋や仲間に対する痛々しいほどの謝意が込められていたことがわかる。そこで、少し長い引用になったが、全文を載せた次第。

北が舟橋を中心とした作家の親睦団体であるキアラの会に入ったのは昭和36年のことで、『夜と霧の隅で』によって芥川賞を受賞してすぐのことだった。たぶん選考委員だった舟橋が「こいつは！」と目をつけ、その子供のような我の通し方で、なかば無理やり入れてしまったのだろう。

北は東北大学医学部時代から作家を目指し、卒業後は精神科医をしながら作品を書いていた。その手本となったのが、青山脳病院の院長でありアララギ派の歌人として活躍した父の斎藤茂吉である。『赤光』の短歌を国語教科書で読んだ人も多いはずだ。

いざ上山競馬場へ

斎藤家はみな多才で、北の兄の斎藤茂太も精神科医でエッセイストだったし、娘の斎藤由香はサントリー勤めのエッセイストになった。

その由香の、

〈せっかくパパが生きているのなら、〝飲む打つ買う〟の人生を謳歌すればいいのに。もう女の人にもてないし、強いお酒も飲めないなら、人生最後のギャンブル人生というのも悪くないんじゃない？〉

という親思いの面白げな言葉に誘われ、北は「いざ茂吉の故郷、というよりも上山競馬場！」と、鬱病と腰痛のため長い間寝そべっていた長椅子から立ち上がったのだった。

「いざ茂吉の……」はエッセーのタイトルで、『マ

ンボウ 最後の大バクチ』に収録されている。こちらは平成21年の刊行だが、由香さんに電話で直接お聞きしたところ、山形の上山競馬場へは12年前後に行ったとのこと。となると、北は73歳前後だったことになる。

その後、手紙の使用許可を得るために、北の妻である斎藤喜美子さんの連絡先を教えていただき、早速にお願いしてみた。すると親切に、北を新宿や並木橋の場外馬券場まで車で送迎していた話や、乗馬にまつわる話までしてくださった。

「主人は乗馬が好きで長野までよく行っておりました。高校のころから好きだったようです」

「たしか北さんは旧制松本高校のご出身でしたね」

「はい、そして主人は気分に波がありまして、テンションが高くなって元気になると、乗馬をしに行くんです」

お〜、テンションが高くなると〝馬〟なのか。たしかに上山競馬場へ向かう北は、とても楽しそうだ。

上山競馬場は残念ながら平成15年に閉場してしまったが、その懐かしの風景を北が残したことになる。ほかには山口瞳が『草競馬流浪記』（昭59）の中に「萩すすき、上山子守歌」として描いているくらいだろう。

「ところで、喜美子さんは上山へはついて行かなかったようですが、どうしてだったんですか？」

「ああ、それは娘と新潮社のNさんがご一緒すると聞いておりましたので、それなら大丈夫だと思ったからです」

上山でギャンブラーと化した3人は、最終9レースまで賭け続け、結果、万馬券を当てたNさんが20万円のプラス、由香さんが2万円のマイナス、そして北は4万8千円のマイナスだった。

親子で似たような賭け方・負け方をしていたので、北は〈まったくオシドリのように仲の良い父と娘であるではあるまいか〉と、さりげなく書いている。しかしこの一文が、ユーモラスな文章に紛れ込ませた父から愛娘へのお礼の言葉だった、とわたしは思うのである。

北杜夫（きた・もりお）
1927（昭和2）年10月24日生まれ。東京出身。精神科医、小説家。本名・斎藤宗吉。父は歌人で精神科医の斎藤茂吉。東北大学医学部在籍中に小説を書き始め、慶應義塾大学病院助手を経て、精神科医を務めながら執筆活動を行う。60年、『夜と霧の隅で』で芥川賞を受賞。代表作に『どくとるマンボウ航海記』『楡家の人々』など。2011年死去。

9 芸術は爆発だ

岡本太郎は競馬に関するエッセーを残しており、
その中に、競走馬を擬人化した挿絵がある。
岡本が人生で初めて描いたというその「漫画」は、
代表作「太陽の塔」にも通ずる印象的な作品である。

——岡本太郎

わたしは岡本太郎のちょっとしたファンで、大阪万博「ＥＸＰＯ'70」で売られていた子供用の帽子を宝物にしている。ネットオークションで戦いに戦い、やっとの思いで手に入れた逸品で、内側には緑眼のマスクが仕込まれており、それをパカっと開いてかぶると、なんとも怪しげな少年に変身できるといったものだ。ただ残念ながら大人のわたしにはサイズが合わないので、腹話術人形のチャーリー君にかぶってもらっている。チャーリー君は江戸川乱歩の少年探偵団シリーズに登場するキャラクターだ。帽子のひたい部分には、キラキラ光りながら変化する太陽の塔のワッペンがついていて、それもカッコいい。

とある日曜日、チャーリー君の「オデカケシタイ」という願いから、万博記念公園へ向かうことにした。

阪急線で南茨木駅まで行き、大阪モノレールに乗り換えて数駅進むと、朱色の木々の上に頭部を突き出した太陽の塔が見えてきた。

「オトウサン！」

背負ったリュックの隙間からチャーリー君も嬉しそうだ。

「そうだよ、お父さんだよ」

いつの間にか太陽の塔がお父さんになっていたが、気にしないことにした。

秋の行楽シーズンということもあって駅は親子連れでごった返しており、

「めっちゃカッコええやん！」

と、スターバックス柄のパーカーで揃えた小学生の兄弟が、公園に向かうスロープをくだりながら叫

岡本太郎のエッセー「競馬の想い出」の挿絵（『優駿』昭和24年６・７月号掲載）

んでいる。

太陽の塔の名づけ親

たしかにカッコいい。しかしいったい何がどうしてカッコよく感じるのだろう。

〈古い観念でいえば、調和は互譲の精神で、互いに我慢し、矯めあって表面的和を保つという気分が強い。しかし、そんなことをするから、まことに危険なひずみが出てくるのだ。私はそういうお体裁は大嫌いだ。人間を堕落させるものだと思う。もしほんとうの意味で調和というなら、己れの生命力をふんだんにのばし、だからこそ他のふくらみに対しても共感をもち、フェアに人間的に協力するというのでなければならない。つまり激しい対立の上に火花を散らした、そのめくるめくエネルギーの交換によって成り立つ。それをほんとうの調和と考えたいのだ〉

「馬や騎手が多分こんな気持で走っているのだろうと、素人ながら想像したのを戯画化したものです」

これは岡本のエッセー「万博に賭けたもの」の一節であり、ちょっと難しい。しかしながら、これが彼の名ゼリフ「芸術は爆発だ」の意味する静かなる一端であるとわたしは思っている。

人はよく他人の欠点を指摘し、自己の優位を示そうとするが、岡本のそれは他人の長所と自己の長所との真摯な闘いであり、その結果、最上のものを生み出そうとする、おそろしく戦闘的な愛情芸術なのである。

スターバックス柄のパーカー兄弟が何をもってカッコいいと感じたかはわからないが、わたしはその造形の中に、漠然とではあるが、彼の芸術家魂を感じ取っていたようだ。

「モットチカクニイコウヨ」

「そうだね、もっと近くから見てみよう」

急ぎ足で公園に向かうと、真正面にドーンと太陽の塔が現れた。

「オオキイネ」

「うん、全長74㍍で、40㍍のウルトラマンやエヴァンゲリオンよりはるかに大きいんだ。そして小松左京が名づけ親なんだよ」

小松左京は『日本沈没』で知られたＳＦ作家で、万博のプロデューサーだった岡本が協力を依頼した一人である。小松は太陽の塔の命名について次のような思い出を残している。

〈岡本さんの《太陽の塔》は、その先行デザインをふまえてのデザインだったろうが、半透明のエアバックでカバーされる事になっている、きわめて幾何学的、直線的な大屋根の一端に、円形の大穴をあけ、そこから《太陽の塔》の頂上部がニョッキリとつき出したような恰好になっている。それだけでも、ひどくユーモラスな感じがしたが、それ以上に私は、幾何学的、構造的にきっちりした大屋根の模型にはられた、ビニールのフィルムを突き破って、天にむかってにょっきりつき出した塔の頂上部に、例の石原慎太郎さんの『太陽の季節』に出てくる「障子破り」のイメージがうかび、なんとなく岡本さんの「いたずら心」を感じた――というのは、いささか下司のかんぐりがすぎたであろうか〉

この時に小松が思わず発した「太陽の塔」という言葉が、いつしかスタッフ間に広まって定着した。

そしてその太陽の塔は、未来を表す上部の金色の顔、現在を表す胴体正面の太陽、過去を表す背面の黒い太陽、そして、人間の根源的精神世界を表す地底の太陽、といった4つの顔を持っている。

太陽というモチーフは岡本作品によく登場するの

で彼の芸術を読み解く重要なカギになっているが、わたしはそれ以上に、作品に現れるこうした〝顔〟に興味を抱く。

岡本の漫画第1号

というのは、岡本には「競馬の想い出」というエッセーがあり、そこには母であり作家の岡本かの子との幼少期における目黒競馬場の思い出や、フランス留学時の競馬体験を記した文章とともに、擬人化された2頭の競走馬の顔が描かれていたからだ。それは完全に漫画で、それぞれ「勝ち誇った余裕の笑顔」と「追い抜こうと必死な形相」とに描き分けられている。エッセーは、帰国後の昭和24年に、『優駿』に招待されて初めて府中で競馬をやった際のものなので、大阪万博よりも20年以上前から顔を特徴的に描いていたことになる。

　岡本は文中〈馬や騎手が多分こんな気持で走っているのだろうと、素人ながら想像したのを戯画化したものです〉と記しており、また、編集後記において〈漫画を描いたのは、生まれて初めてですよ〉と語っているので、これが彼の漫画第1号ということで間違いない。一般的に作家の全集などには雑誌掲載時の挿絵は入らず、岡本のそれにもなかったので、知られていないと思う。

　この流れるような美しいフォームと豊かな表情。やはり血は争えない。父は、漫画漫文の創始者で、甲子園球場の大観覧席を「アルプススタンド」と命名して描いた岡本一平である。一平にも鋭い眼光のみで描いた川端康成の肖像があり、本質を見事にえぐり出しているが、その資質の良いところが受け継がれたようだ。

岡本太郎（おかもと・たろう）
1911（明治44）年2月26日生まれ。芸術家。父は漫画家の一平。母は作家のかの子。父の取材に同行するため東京美術学校を休学して渡欧し、40年の帰国までパリに滞在。その際、ピカソの作品に感銘を受けたことをきっかけに抽象芸術の道へ。出征、捕虜生活を経て、戦後は現代芸術の旗手として次々と作品を発表。代表作である大阪万博の「太陽の塔」は世界的に知られる。96年死去。

10 ユリシーズの写真

平成27年は、文学や演劇そして競馬評論と幅広く活躍した、
寺山修司の生誕80周年にあたる。
寺山が「自分に似たもの」と思い入れた愛馬ユリシーズは、
まるで劇の脚本のようなきっかけから所有した競走馬だった。

——寺山修司

一体、青森は私の故郷なのか？
青森には、私の何かが、残されてあるか？と言えば何もない。「家」も「家族」もないのである。
しかし、青森が私を作った。青森には、いまでも私の体験や少年時代だけが「残されてある」ような気がする。

これはその47年という短い生涯の間に、文学や演劇そして競馬評論と活躍した、寺山修司のエッセー「青森と私」の一節である。

わたしは青森駅からほど近い「麦藁帽子」という珈琲専門店で、昭和の香りとオリジナルブレンドを味わいつつ、それを読んでいた。店名の由来をマスターに聞いたところ、「創業40年の店なんですが、それだけが伝わっていないんですよ」とのこと。ただ、この青森という地で40年前に開店したことを踏まえれば、寺山の歌集『麦藁帽子』にちなむものだろう。

寺山のこのエッセーには、戦争で父を失い、米軍基地で働く母とも離れ、中高時代には映画館「歌舞伎座」を経営していた大叔父夫妻に引き取られた生活が、時に嘲笑的に、時に感傷的に書き残されていた。たとえば、「歌舞伎座」についてはこうだ。

〈私は、楽屋で壁にはりめぐらされた化粧鏡と睨めっこをしたり、百面相をしたりしているうちに、左の眉毛が自由に動くことに気がついた。そこで早速、切符のモギリの笠原さんに見せにゆくと、彼女は「ジョン・ウェインに似ている」と言ってくれた。それでその日からジョン・ウェインのファンになったのである〉

「もし、公営一になったら中央入りさせて、血統馬を負かして下さいよ。」「よしきた」と、私は騎手の手をにぎった。

寺山修司の所有ユリシーズの優勝記念写真（写真提供：ポスターハリス・カンパニー）

楽屋は映写室隣の屋根裏の二十畳で、旅巡りの一座が年に一度使うだけだったため、寺山にあてがわれていた。そこで彼はフランスやアメリカの映画を浴びるように観て育つ。

そう、この一点において寺山は、まるであの『ニュー・シネマ・パラダイス』の主人公トトなのだ。少年トトにとって映画は〝自由な世界〟への入り口だったが、青年寺山にとってはそればかりでなく、〝自由な創造〟への入り口だった。

戦後の日本において最大の娯楽といえば映画で、それは同盟国イタリアのシチリア島も一緒だった。村で唯一の映画館パラダイス座は、連日村民たちであふれ返っていた。映画に魅せられたトトは成人すると映画監督になるが、昭和42年、寺山は妻の九條映子らと演劇実験室「天井桟敷」を立ち上げる。その根っこには「歌舞伎座」での体験が当然あったはずだ。

また同年、寺山は、終戦直後に予想屋をやっていた音楽プロデューサーの古川益雄との対談「競馬交響楽」において、〈競馬をもっともっと「劇」としてとらえて、フィクションにはない楽しみを見つけたいと思っています〉とも語っていた。そして翌43年に馬主になるわけだが、そのいきさつがまた「劇」的だ。

馬主になったきっかけ

彼の有名な競馬エッセー「友よ、いずこ」（『優駿』昭43・3）を見てみよう。

小さな酒場。――新宿。

五年前のことである。

草競馬の一人の騎手と私は、カウンターの片隅で飲んでいた。「寺山さんの競馬の思想は、中央集権的だ。権力志向が強すぎるぞ。」

と騎手は言った。法政大学の定時制を出た彼には、ひどく雑草的なたくましさがあった。「そんなこともないさ。」

と私は一応、弁解した。

「いやいや、わかってる。

ミオソチスが川崎へ移ったとき、あんたは花形スタアがドサまわりになったと書いたんだ。『旅の役者と空とぶ鳥は、どこのいずこで果てるやら』って書いたじゃないか。」

私は、ぐっとつまった。（中略）

その夜、騎手と私とは酔余に約束を一つかわした。

「私が、調教師になったら」

と彼は言った。

「馬を一頭買って下さい。

安く仲介しましょう。

そのかわり、その馬をあんたの軽蔑した『草競馬』で走らせて下さい。

もし、公営一になったら中央入りさせて、血統馬を負かして下さいよ。」

「よしきた」

と、私は騎手の手をにぎった。

そしてわかれた。

騎手は、森誉さんと言った。

何年か経って森は調教師になり、寺山は約束通り、彼から馬を一頭買った。それがユリシーズである。

馬名はジェイムズ・ジョイスの小説『ユリシーズ』によるもので、〈下町の友情と性生活の中で、反権力的な成熟をとげていったジョイスの主人公が、私のこの馬へ賭ける期待になったのである〉と寺山自身が述べている。少女楽団の鼓笛や、都はるみショーの歌などが流れる船橋の「下町」で育った丈夫な馬で、いつしか寺山はこの馬に「自分に似たもの」を感じ始めるようになる。

織田作之助『競馬』の影響

こうして馬主にまでなった寺山だが、彼が競馬に関心を持つようになったきっかけは織田作之助の小説『競馬』だった。それは主人公の寺田という男が亡き妻一代の一の字にこだわって、その馬がどんな馬であろうと1の番号ばかり執拗に買い続ける物語である。

〈これなんかは「一代」という女と一枠の馬とが意識の中で混同されてしまって、じぶんの一生を滅亡に追いこんでゆく。カズヨなんていうと、もう織田作の小説の中では「女」でも「馬」でも同じなんだ。つまり、人生の代用品としていたレースがいつのまにか人生そのものに変わっていくという過程がすごいんでね〉

寺山のこの感想には自身の競馬観が反映されているが、彼にとっても競馬は人生そのものだったに違いない。

わたしはこの寺山が愛したユリシーズをどうしても見たくなった。だがしかし、彼の著作集や特集号にも出てこないし、ネットで挙がってくるのは競馬詩集に書かれたハイセイコーやテンポイントといった馬ばかりだった。

そこで寺山の著作権管理にあたっているポスターハリス・カンパニーの代表取締役である笹目浩之さんに直接連絡を取り、お願いすることにした。

ユリシーズの話を切り出すと、笹目さんは「ユリシーズの写真ですか、たぶんあると思いますよ。メールを一度送ってください」と、すぐに快く引き受けてくださった。わたしは興奮冷めやらずで、偶然近くに居合わせた職場（国際日本文化研究センター）の所長である小松和彦先生を通り魔的に襲い、喜びを押し付けてしまった。

そして研究室に戻ると、すでにメールが届いていた。添付されたファイルを開くと、背が低くてずんぐりとしているが、いくぶん黒味がかった鹿毛でタフガイのようにも見える、寺山が書き残した通りのユリシーズの姿がそこにあった。

寺山修司（てらやま・しゅうじ）
1935（昭和10）年12月10日生まれ。青森県出身。歌人。劇作家。早稲田大学在学中に短歌研究新人賞受賞。59年からシナリオライターとして活躍を始め、67年に演劇実験室「天井桟敷」を結成、主宰を務める。劇作家、演出家として注目を浴びるとともに、文学、映画、歌謡、競馬評論など、さまざまな分野で活躍した。83年死去。

11 馬と妖怪

――水木しげる

「バカ」は今も昔もあまりいい意味で使われない言葉だが、
馬鹿と書いて〝ウマシカ〟と読ませる妖怪がおり、
亡くなった漫画家の水木しげるも描いていた。
そこでここでは、妖怪と馬の縁について話を広げてみたい。

馬主文士として知られた吉屋信子に、馬の良否をよく見分ける生産者にめぐり逢いたいと切に願う「伯楽を待つ」（『優駿』昭27・6）というエッセーがある。

〈馬鹿とは国語辞典をひくまでもなく――おろかなること、あほう、愚、愚人の意味である。だがそれにしてもどうして、それを（馬鹿）という文字を当てるのか？その語源は、ものゝ本によると――秦の趙高が、鹿を指してあれは馬だと言つたので、その愚かを人々笑つて、それより愚人を（馬鹿）と嘲けるのだという……。してみると、なるほどと思い当る。なけなしの高いお金を出して、いゝ馬だと思つて買つて、さて走らせてみるとさながら鹿の如し！という場合、その馬主こそ馬鹿をみるわけである。願わくは馬主を馬鹿にしないですむような、馬をこそ生産者は与えてほしい〉

「馬鹿」をうまく使った経験談が面白かったので、職場の同僚に話して楽しんでいた。

すると、妖怪研究で著名な小松和彦先生が、馬鹿という名の妖怪がいることを教えてくださった。

「馬鹿と書いて〝ウマシカ〟と読むんだけど、『百鬼夜行絵巻』にその絵が出てくるよ。北斎季親がのちに『化物尽絵巻』に描いてもいるから、うち（国際日本文化研究センター）のデータベースにあるはずだよ」

「妖怪データベースにですか！ でもウマシカっていったいどんな能力というか、特性を持った妖怪なんですか？」

「それが絵巻には説明が一切なくて、わからないんだよ」

ということで、さっそくデータベースを検索してみると、ツノを持った一つ目の奇妙な馬が現れた。

『化物尽絵巻』に描かれている「ウマシカ」（北斎季親 画）

この絵は200年ほど前の江戸時代後期のものだが、いつの時代もバカというものは似通って理解されていたようだ。

そしてその両腕を躍らせる姿がたしかにバカっぽく見えるのだ。『化物尽絵巻』は200年ほど前の江戸時代後期のものだが、いつの時代もバカというものは似通って理解されていたようだ。

水木しげるも描くウマシカ

さらに調べたところ、このウマシカ、亡くなった漫画家の水木しげるも描いていた。それは『日本妖怪大辞典』（角川書店）の挿絵ではあるが、あの大先生に描いてもらえるなんて、なんとも幸せな妖怪である。

そして水木といえば『ゲゲゲの鬼太郎』だが、彼と対談したこともある小松先生によれば、それがアニメ化された昭和40年代に最初の妖怪ブームが起きたとのこと。「人間になりたあ〜い」と子供たちがそのセルフをまねた『妖怪人間ベム』のアニメ化も同時期だ。

その後も強弱こそあれ妖怪ブームは続いている状態で、京極夏彦が妖怪小説『姑獲鳥の夏』を書き、宮崎駿がアニメ映画『もののけ姫』や『千と千尋の神隠し』などを公開、そしてその後は『妖怪ウォッチ』が子供たちの人気をさらった。

しかし、こうした戦後の妖怪ブームを考えた時、水木の存在がやはり大きいと、小松先生は「妖怪の系譜 なぜ日本人に愛され続けるのか」（『日経エンタテインメント』平26・12）において次のように述べている。

〈やっぱり水木さんは絵がうまいですし、それから柔らかい感じがするんですね。その柔らかさはノスタルジーと深く結び付いています。だから妖怪という言葉は水木さんの場合、農村なり、あるいは江戸なり、過去と深く結び付いています。僕もよく言うんですけど、妖怪は過去から、あるいは辺境から、田舎からやってくる、あるいはそのしっぽを持っている存在だと。だから水木さんの絵を見て、故郷や昔のことを懐かしんだ人たちが最初のファンだったんじゃないでしょうか。昔、そういえば子どものころにこんなお化けの話を聞いたなとか、水木さんはこんなふうに妖怪を絵にするのかと思いながら。それがアニメになったりして、第1次妖怪ブームが生まれる。そのブームを支えた人が大人になって、ノスタルジーからもう1回見たい、子どもに見せたいという部分もあってブームが反復していったのでしょう。妖怪というのは水木さんのイメージと強く結び付きながら再生産していったんだと思います〉

このノスタルジーはよくわかるし、その通りだが、ブームを支えているのはそれだけではないと思う。

どの雑誌に書かれていたか忘れてしまったが、水木が幽霊と妖怪の違いをわかりやすく説明していた。それは幽霊と違って妖怪は一人だけの経験ではダメで、みんなが同じように同じ場所で感じた時、初めてそれが妖怪になるというものだった。また妖怪という眼には見えないものを描くための、聞き取り調査も怠らなかったようだ。つまり水木は独自の考えや理念を持って妖怪を描いていたのであり、ブームの継続は、その裏付けがあってこそなのだ。

妖怪の名を持つ競走馬たち

そして、この水木に関係する妖怪名を持った競走馬がいるので紹介したい（平成27年）。

○デルマカマイタチ（牡5歳・黒鹿毛）
○デルマヌラリヒョン（牡5歳・鹿毛）
○デルマネコムスメ（牝5歳・栗毛）

この3頭は面白馬名で知られるデルマ軍団の妖怪馬シリーズで、デルマという冠名は皮膚科を表す「dermatology」という英語の略である。馬主の浅沼廣幸さんは札幌の医療法人・廣仁会の理事長で、皮膚科のお医者さまなのだ。

その浅沼さんに、電話で妖怪馬についていろいろ教えていただいた。

「先生はなぜ妖怪の名を競走馬につけたんですか？」

「毎年シリーズを変えて楽しんでるんですが、前にエビスなど神様の名をつけたらご利益があったので、次はその逆にしてみようと思ったんです」

わたしはこの言葉に驚いた。浅沼さんが妖怪研究の最先端を走っていたからだ。

ひと昔前まで、妖怪は神の零落したものと理解されていた。しかし今では、妖怪と神はどちらも超越的な存在であってその区別は難しく、人間がそれらとどのような関わりを持つかによって決定されると理解されているのだ。

「3頭はそれぞれ、どのような馬なんですか？」

「そうですね、ヌラリヒョンもネコムスメも素晴らしい末脚を持ってますよ。そして一番のお気に入りはヌラリヒョンで、中山のカペラSに出走予定です。カマイタチは気分にムラがありますが、それも個性です。妖怪は好きなシリーズなんですよ。水木しげるさんが大好きで『墓場の鬼太郎』時代から読んでいました」

「水木ファンでもあったわけですね」

「はい、彼の戦記ものも文庫で読みましたし、『総員玉砕せよ！』なんかは、そういう時代だったことをよく伝えていると思います。それに彼のスローライフといった人間らしい生活というか、その思想にも共感していました」

わたしはカペラSでヌラリヒョンを買うことに決めた。その馬名に、作者である水木のみならず馬主である浅沼さんの人生を見出したからだ。また、鬼太郎の宿敵の名前というのも面白い。

水木の妖怪への想いは、このヌラリヒョンの末脚とともに、スタンドで多くの人々を魅了することだろう。

水木しげる（みずき・しげる）

1922（大正11）年3月8日生まれ、大阪出身、島根県境港育ち。本名・武良茂（むら・しげる）。勤労学生だった43年に応召し、ラバウルで爆撃を受け左腕を失う。復員後、紙芝居画家を経て漫画家に転向。妖怪を題材にした『墓場鬼太郎』で注目を集め、のちに『ゲゲゲの鬼太郎』の名で大ヒット、妖怪ブームの火付け役となる。自身の体験をもとにした、戦争に関する作品も多数。91年紫綬褒章、2003年旭日小綬章を受章。15年11月30日に多臓器不全のため93歳で死去。

12

火花とびちる競馬かな

歴史小説『敦煌』でも知られる芥川賞作家の井上靖に、その名も『鮎と競馬』という競馬がテーマの短編がある。その作中、抑制の効いた文章にちりばめた〈火花〉こそ、〝文壇きっての紳士〟井上の小説作法と言えまいか。

――井上　靖

「石川さん、これがラクダ草だって」
「うわぁ、トゲだらけですね」
「これを食べるのは文字通りラクダだけで、口にトゲを刺しながら血と一緒に葉を咀嚼して飲み込むらしいよ」

日本文芸史研究で著名な鈴木貞美先生が、タクラマカン沙漠の入り口に生息していたそれを、一眼レフに収めながら興味深げに観察している。

わたしたちは、古代シルクロードの分岐点として栄えたオアシス都市で中国の北西に位置する敦煌に、仕事で来ていた。

ここ敦煌には莫高窟なる一〇〇〇年にわたって掘られ続けた石窟寺院があり、そのシンボルとなっている9階建ての楼閣の朱色が、絶壁の砂色に浮かび上がっている。大小さまざまの石窟内部には、宗教および世俗生活の様子を豊かに描いた壁画や仏像が彫られており、すべてを並べると約25キロの長さにも及ぶため世界画廊との異名がある。

その石窟の一つから、夥しい数の経典類が発見されたのは20世紀に入ってからのことで、それらは世界文化史上の〝謎めく〟お宝となった。〝謎めく〟と冠したのは、それが意図的に隠されたものだったからだ。

いつ、だれが、どうして、そこに隠したのか？

その謎を解き明かそうとしたのが井上靖の歴史小説『敦煌』（昭34）である。

井上は執筆動機を次のように熱く語っていた。〈敦煌の石窟の内部にもう一つの秘密の穴蔵を掘り、その中に一千年前の昔からの寺宝を、侵入する異民族の劫略から防ぐために塗りこめたということは、

舟橋聖一の住む目白御殿で開かれたキアラの会の集まり。中央奥が井上靖、左列奥から3人目が舟橋（写真提供：舟橋聖一記念文庫）

それを思う度に私にはかなり強い感動が呼び起される。何か書きたいことがその事実の中にはいっている気持だ〉

『敦煌』はのちに映画にもなって、その年の日本アカデミー賞を総なめにした。佐藤浩市や西田敏行が好演しており、小説に描かれたシルクロードロマンを耳目で感じさせてくれる。

芥川賞作家の競馬小説

こうして井上の名声はゆるぎなきものとなったわけだが、しかしそんな彼も、最近では舟橋聖一同様、忘れられた作家の仲間入りをしそうだ。井上が『闘牛』（昭24）で芥川賞をとった作家であることを知らない人も多いだろう。

当時の芥川賞選考委員は、石川達三・宇野浩二・川端康成・岸田國士・坂口安吾・佐藤春夫・瀧井孝作・丹羽文雄・舟橋聖一の9名で、その時から井上に目をつけていた舟橋は、さっそく自分が中心の作家の親睦団体であるキアラの会に誘った。文壇きっての紳士と呼ばれた井上は、キアラの会で刊行していた雑誌『風景』の編集長を長年きっちりと務めあ

井上にはそうした火花が本質的にある。しかしそれをよく抑制している。小説も同じで、『敦煌』の文章にも見出せる。

げる。そして舟橋の葬式時には「舟橋さんが亡くなった今、『風景』も終刊することにいたしましょう。『風景』は舟橋さんがいてこその雑誌でした」と、舟橋の妻百子に会員を代表して伝えもした。

そんな井上には『鮎と競馬』（昭29）という競馬がらみの好短編がある。主人公である夫の三郎に、妻のみどりは内緒で競馬をやって金を儲ける。それを知った三郎もがぜん浮気を決行しようとする。が、結局は平凡な日常に戻ってくる。そんな若夫婦の一事件が軽妙に描かれている。

ここでは妻の競馬に注目すべく、三郎と洗濯屋の主人との会話を見てみよう。

「この間は、おめでとうございました」

と、にやにやした顔で言った。

「なんのことですか」

「なんのって、例の競馬のことですよ」

「競馬!?」

「知らんのですか」

「知りません」

「これは驚いた」

本当に驚いている表情だった。

「冗談じゃありませんよ。奥さんは競馬で大儲けしたんですよ。それについては私も一役買ってるんです」

この洗濯屋の主人は競馬に熱中しており、三郎夫妻の住むアパートで、競馬で大儲けした話をしていた。それを聞いていたみどりが日曜の朝、ひょっこり現れて2万円を出し、馬券を買ってくれと頼むのである。

その2万円は、夫妻でコツコツためた貯金からみどりが出したもので、これが7万円となって5万円の儲けだった。三郎が通帳を見ると元金の2万円は戻してあり、お礼として一割を洗濯屋の主人に渡しても、あとの4万5000円はみどりの手に残っているはずだった。しかし彼女は知らん顔をするのだ。

しかして事件は次の週末に起こる。

妻の秘め事のくだりから

前回の大儲けで味をしめたみどりは、その時の儲けをすべて洗濯屋の主人にあずける。けれども急に怖くなり、なんとかそれを取り返そうと、三郎に付き添われながらタクシーで競馬場へ急行する。三郎はそんなみどりに〈欲の深い奴だな〉〈大莫迦者だな〉と苦々しく言うが、みどりは〈そうなの、わたし〉と素直にあやまる。そしてレースは終わっていたが、洗濯屋の主人は狙っていた馬が出走しなかったために馬券を買っておらず、出資金は全額戻ってくる。

わたしはこのくだりを読みながら、井上の小説作法というものを考えた。それは、井上には次のような競馬エピソードがあったからだ。

〈また、そのころ、淀の競馬へ二人が少し熱中した。はじめ手探りで買っていたのに、もう二回目に行ったときには出走馬を調べあげて、しかも大穴ねらいの買いぶりをしてくるのにたまげた。「井上君、二千円どまりの遊びにしておきましょう」といっても「わたしは今日は少し持ってます」といって、わたくしのブレーキをはねつけた。「この馬はこれだから、こう来ますよ」というような返事である。

わたくしのしゅうとめ口が小うるさかったかして、そのあとスタンドの席へは戻ってこず、終回レースの発走になると戻ってきた。そして「これで負けたらスッカラカンです」と平然というので、これまたわたくしが腰をぬかさんばかりにたまげた〉

エピソードの語り手は詩人の竹中郁で、井上とは児童詩画雑誌『きりん』をともに主宰した仲だ。そして冒頭の〈そのころ〉とは、井上がまだ芥川賞をとる以前、大阪毎日新聞の学芸部長をしていた昭和23年のことである。

竹中はその賭けに全身を投入する井上の態度に〈火花が井上君の全身からとびちっているようであった〉と続けて述べているが、井上にはそうした火花が本質的にある。しかしそれをよく抑制している。これは小説も同じで、『鮎と競馬』の夫妻の描写がそうだし、『敦煌』の重厚な文章にも見出すことができる。

火花を抑制の効いた「文章」に落とし込む。これが井上の小説作法であり、それを抑制の効いた「態度」に落とし込めば、〝文壇きっての紳士〟となるわけだ。

井上靖（いのうえ・やすし）
1907（明治40）年5月6日、北海道生まれ、静岡県育ち。京都帝国大学在学中に懸賞小説に複数入選。50年に『闘牛』で第22回芥川賞を受賞。『敦煌』のほか『氷壁』『風林火山』など、映画・ドラマ化された作品も多数。76年文化勲章受章。91年死去。

13 競馬の唄

――サトウハチロー

詩人・作詞家のサトウハチローは流行歌「リンゴの唄」のほか、「ちいさい秋みつけた」をはじめ童謡の詩作でもよく知られる。

彼は馬主文士だった父紅緑ゆずりの馬好きだったが、ある時期を境に、競馬場へ足を運ばなくなったという。


この詩人はなぜ競馬場へ行かなくなったのだろう。

戦前には東宝映画『馬』の主題歌「めんこい仔馬」で人気を博し、戦後には競馬を題材とした詩や随筆を書いたサトウハチローのことである。

父は「東の菊池、西の佐藤」と呼ばれた馬主文士の佐藤紅緑で、のちに阪神競馬場となる鳴尾競馬場の近くに住み、家族みんなが馬好きだった。

そんなサトウは自身では否定しているが競馬通として知られ、それが彼の競馬エッセー「競馬余談」（『優駿』昭21・8）によく表れていて面白いので、紹介したい。

一週間ばかり前に舟橋聖一に逢つたら、

「又はじまるね」

と、人形焼の若旦那みたいな顔をして言ツた。

彼も競馬フアンなのだ。

一昨日、富永時夫にめぐりあつたら（ごぞんじでせうな、往年の早大の名遊撃手、早慶戦のヒーロー）

「いつからはじまるんだい？」

と、僕を競馬の元締めかなんかと思つてるやうな聞き方をした。

今朝、並木路子と、後楽園のスタンドに座つてゐたら、

「あたし競馬ツて一度も行つたことがないの、はじまツたらつれてツてね」

と、のたまふた。みんながみんな、僕と競馬とは、切つても切れない縁があるものと、きめてるらしい。

ところが僕は競馬通でもなければ、その道の大家でもないのだ。菊池先生や、僕のおやぢのやうに、キチンとした年期を入れ、馬主であり、騎手諸君とも、

サトウハチロー（写真提供：朝日新聞社）

「馬がいる庭にいる」が収録された詩集『生活の唄』（昭和41年発行）

サトウが競馬場へ行かなくなった決定的な理由は彼の文学で、子供たちを思いやっての決断だった。しかし、彼は決して競馬から離れたわけではなかった。

交はりがあるといふのではないのだ。僕は、何となく競馬場へ行くのが好きなだけなのだ。

競馬をやめた理由とは

彼のエッセーは独特で、読んでいるとその時代にいるような気分になるから不思議だ。舟橋と競馬や文学の話をしてみたくなるし、並木に「リンゴの歌」を歌ってほしくもなる。〈♪赤い～リンゴに口び～るよせて～〉なんて声が隣から聞こえたらドキドキだ。ちなみに作詞はサトウで、戦後初の流行歌となった。

　そして有名な話だが、サトウは父紅緑が永眠した昭和24年以降、競馬場へあまり行かなくなる。それは父の知人と会うと必ず思い出話になって、涙ぐんだりはしないが、それがつらいということからだ。そしてもう一つ、自分は詩人で、小学校の同級生だった馬主文士の富田常雄らとはガマ口の重さが違うということも理由にしていた。しかしながら、「馬が走る走る」（昭38）のような臨場感あふれる競馬詩を、そののちもサトウは書き続けるのである。

〈馬が走る　走る　走る／ひたばしりに走る／わたしの心はいつのまにか／騎手の肩にのっている／向う正面――／三分三厘――／わたしの心は勝利にすすむ／直線にきた／騎手といっしょに／わたしの心もムチを入れる〉

こんなにも馬や騎手の気持ちを理解する人が、本当にあの理由二つで競馬場通いを減らすものなのか。父への想いは時間が解決してくれるだろうし、金の話はサトウ一流の軽口に過ぎない。もっと何か、彼の人間に深く突き刺さるような理由があったのではなかろうか。

これは競馬に関しても同じだが、馬の近況や過去データを読んでいて、何か引っかかるものがあれば、やはり大概問題があって、がむしゃらに追究することになる。わたしはそこに文学研究との共通点を見出しており、また競馬を文学だとも思っている。人と馬とが紡ぎ出す多種多様なドラマは、観戦者の心をつかむ〝文学的な力〟を持っている。わたしが研究の中心にすえている舟橋聖一も、関係者の話を聞く限り、似たような想いを抱いていたようだ。

競馬を唄い続ける

話は少し飛ぶが、サトウの異母妹で直木賞作家の佐藤愛子が、『血脈』（平13）という佐藤家3代をつづった小説を残している。そこにはサトウの死が次のように描写されていた。

〈蘭子が牛肉を焼いて昼食の膳に添え、ベッドに運んで来た。牛肉は食べ易いように切ってある。その一切れを口に入れ、左手に茶碗を持ったまま、突然彼は前に突っ伏した。蘭子は驚愕して「パパ！」と叫び、廊下に走り出た。我を忘れて叫んだ。

「誰か来てぇ！　誰か……」

看護婦と医師が飛んで来た。八郎の心臓は既に止っていた〉

蘭子はサトウの3番目の妻で、サトウの死因は1000人に1人か2人という心臓急停止だった。昭和48年11月13日のことで、享年70歳。そして現在、岩手県北上市の「サトウハチロー記念館」において、『血脈』の登場人物でもあるサトウの次男の四郎さんが館長を務めている。わたしはこの四郎さんに、かねてからの疑問をぶつけた。

「戦後のある時期から、ハチローさんが競馬場へあまり行かなくなったようなんですが、その理由をご存知でしょうか？」

「あまりではなく、行かなくなりましたね。私も不思議に思って、その理由を晩年の父に聞いたことがあります。戦後、童謡を多く作詞するようになりますが、それでした」

「童謡が原因ですか！」

「父は、俺は耳に赤鉛筆を挟んでいた時代から競馬を知ってて、そんなギャンブルと童謡をつくるのは矛盾すると思うんだ。だから競馬場へ行かないことにした、と話してくれました」

　つまり、サトウが競馬場へ行かなくなった決定的な理由は彼の文学で、子供たちを思いやっての決断だったということになる。彼は幼いころからヤンチャだったが人々に愛された。それは根本に、こうした優しさがあったからなのだ。

　しかし、サトウは競馬から離れたわけではなかった。それは彼の60代の詩「馬がいる庭にいる」（昭41）を読めばわかる。

〈馬がいる／庭にいる／ひなたぼっこをしている（1行空き）老人がいる／馬のそばにいる／馬と話している（1行空き）馬は足を引いている／老人はその足をみる／馬がうなだれる（1行空き）薬殺はかわいそうだと／わが家につれもどった老人／馬は競走馬 老人は馬主（1行空き）馬がいる 人参をたべている／老人は老婆の顔と八百屋の勘定を思いうかべ／首をすくめて風の中で笑ってる〉

　戦後の昭和21年には競馬通として知られ、38年には「馬が走る走る」でその躍動を唄い、41年には「馬がいる庭にいる」で故障馬に寄り添う老馬主を映し出す。

　文学とは想像と創造、この二つの産物であり、サトウは心の中とノートに競馬場をこしらえ、馬とともに自身の生涯を駆け抜けたのである。

サトウハチロー

1903（明治36）年5月23日生まれ、東京出身。詩人、作詞家、作家。本名は佐藤八郎。父は作家の紅緑。26年に処女詩集『爪色の雨』を出版。30年代からは作詞家として活躍。代表作は並木路子が歌いヒットし、終戦直後の日本を代表する曲となった「リンゴの唄」（46年発売）。50年代中ごろからは童謡の詩作を主な活躍の場とし、「ちいさい秋みつけた」で日本レコード大賞童謡賞を受賞。66年に紫綬勲章、73年に勲三等瑞宝章を受章し、同年死去。

14

根岸の今昔物語

芥川賞作家・中里恒子の残した小説『競馬場へ行く道』は、在りし日の根岸競馬場へと続く「道」が主題になっている。山手という土地が醸し出す西洋的な雰囲気のみならず、あふれる生活感をも描いてなお、透明感のある力作である。

――中里恒子

学生時代のアルバイトで病院の夜間受付をやっていたことがある。横浜にある全国的に知られた肛門科で、カルテの渦巻きマークが〝それ〟を表していることに驚いた。

受付には、職員の帰宅した17時から、面会時間が終了する19時まで座っていればよく、それ以降は朝のチェック時間まで自由で、わたしは修士論文を書く時間に充てていた。病院は第3救急指定だったので、夜間に救急車が飛び込んでくるのは年に1度あるかないかだったが、その1度に当たったことがある。朝の4時過ぎだった。わたしは当直の医師と看護師さんにすぐさま連絡をとった。

「救急車が来ますので、よろしくお願いします。正面玄関に5分後です」

鍵を開けて急患の受け入れに備えた。ただ悲しいことに、患者はすでに心肺停止状態で、死亡確認したのち、地下にある霊安室へ運び入れることになった。1月の寒空のもと、酔って騒いでいたら急に倒れたそうだ。

このめったにない出来事に、入院患者たちが目を覚ましてしまった。彼らは男女比でいえば男性が若干まさっていたが、女性は便秘から切れ痔になることが多く、男性はデスクワークによるイボ痔と腰へルニアを併発しているケースが多かった。その男性患者のなかに某有名騎手がいて、「何があったの？教えてよ」と翌日話しかけてきた。個人が特定されてしまってはいけないので深くは触れないが、それから退院するまでの数日間、彼から痔病を抱えた騎手の痛々しいエピソードや、どうして騎手になったのかなど、普通では聞けないことをたくさん教えて

横浜市中区にある根岸競馬場のスタンド跡（写真提供：週刊Gallop）

もらった。そのお礼というわけではないが、退院時に、近くにある「馬の博物館」へ案内し、外観だけを残す根岸競馬場を一緒に探索した。根岸競馬場は日本初の近代競馬の開催地で、当初は居留外国人の集いの場だったことでも有名だが、わたしにとっては港の見える丘公園や森林公園といった学生時代に親しんだ風景の一部で、ノスタルジックな空間である。

　そんな空間を、『宮本武蔵』で知られる馬主文士であり文豪の吉川英治が『忘れ残りの記』（昭32）という半自叙伝の中で描き出している。それは彼の幼少時代の風景なのだが、競馬ファンがこぞって読ん

> 競馬場へ行く道にはこんな道もあったのだ。そう言えばこのごちゃごちゃした町を抜けてゆく道が、一番競馬場へ行くということに似合った道のようだ。

だ時代があったようだ。

昨年（平成26年）の夏、必要があってそれを読み直していたところ、ふと、中里恒子に『競馬場へ行く道』という小説があったことを思い出した。中里は『乗合馬車』（昭13）で芥川賞を受賞した女性初の作家で、吉川よりも若干年下、舟橋聖一と同世代にあたる。小説は根岸での競馬風景を直接には描いていないが、当時の根岸の雰囲気を見事に映し出している。

横光利一の弟子

この一風変わった競馬小説の話に移る前に、中里の周辺についてもう少し説明しておくと、彼女の小説の師は、国語教科書によく掲載される『蠅』を書いた横光利一。横光は川端康成とともに菊池寛の秘蔵っ子だった。そして友人には『風立ちぬ』『菜穂子』などを書いた堀辰雄がいる。その堀の東京帝大時代からの知己が舟橋で、舟橋と吉川そして菊池は競馬仲間としてよく交わっていた。当時の作家らはみな、なんらかの形でつながりがあり、それが文壇になっていたのである。そして、馬が登場する小説の一つに、横光の『春は馬車に乗って』が挙げられるが、これは逗子に中里が住んでいたことから生まれたものである。中里が自身の全集の「月報」における対談（昭56）で次のように話している。

〈横光さんの「春は馬車に乗って」というのね。これは、あたくしがこっちへ養生に来てたころもまだずっと岬から乗合馬車が来てたんです、逗子まで。それに乗って、その風景を横光さんがお書きになった作品ね〉

競馬場へ行く道

こうした背景の中、中里の『競馬場へ行く道』が、昭和15年の『新潮』1月号に掲載されたことになる。どの雑誌でも同じだが、年始に載せる小説はその作家の力作であることが多く、この小説もそうである。芥川賞受賞後の作品ではあるが変な力みもなく、自由に書けているところが好ましい。その冒頭に近い、競馬場に関する一節を見てみよう。

〈競馬場へ行く道にはこんな道もあったのだ。そう言えばこのごちゃごちゃした町を抜けてゆく道が、一番競馬場へ行くということに似合った道のようだ、そんなことを感じ乍ら私は暫く歩いてゆくうちに、普段私の身の周りではあまりみかけることのない、荒あらしい容子の眼の充血したような人相のどぎつい男、往来じゅうにわかるように濁った声で喋りあう男たちばかりに出会った。暫く風邪がなおらずに家に閉じ籠ってばかりいた私の眼には、いかにも世間に触れたような生ま生ましい感じがするのである。その地べたへ店をひろげた女魚売りやミカン売りなどにも、そこで附近の女房たちや力業をするような職人なんぞが無造作に買物をしてゆく様子などからも〉

なんと生活感あふれる道であろうか。競馬場へは山手続きの道と根岸からの海岸沿いの道、そして主人公の通った道の3通りある。今では想像もできない風景だが、それを競馬場の存在と関連させて、もしくは関連するものとして、この作家は見ている。

そして堀の『風立ちぬ』に匹敵するほど透明感あるものに仕上がっている。それは主人公の中里らしき女性が、女学校時代に〈特別に親しかった〉二つ上級の久木英子に一目会いたいという、そのプラトニックな内容によるところであるが、競馬場やその山手という土地が醸し出す西洋的な雰囲気が強く影響していることも見逃せない。そして個人的には、次の描写に強く興味を抱いた。

〈競馬場の中は普段はゴルフコースになっているらしく、芝生の遠くに豆粒のように人影が動いている。その連中の自動車であろう、場内の階段の下にいろんな色の車が四台停っていた。秋季の競馬が、丁度十日ほど前に終ったばかりなのであった〉

ここにはオフ中の根岸競馬場の様子がさりげなく描かれているが、そのほかにも、中里が競馬をやっていたのではないかと思わせる表現がある。そして考えてみれば、デビュー作も『乗合馬車』だし、そもそも競馬に興味がなかったら『競馬場へ行く道』といったタイトルで小説を書こうとは思わないだろう。

そうだ、きっとどこかに中里が競馬をやっていた証拠があるはずだ。

中里恒子（なかざと・つねこ）
1909（明治42）年12月23日、神奈川県生まれ。小説家。39年に『乗合馬車』で女性としては史上初めて芥川賞を受賞。ほかの代表作に『此の世』『歌枕』『わが庵』『時雨の記』など。87年死去。

15 トップ屋と競馬

作家の遠藤周作は〈ロンシャン競馬場よりも〉と書き残すほど福島競馬場を気に入っていた。遠藤が福島競馬場を舞台に描いた『競馬場の女』は、そんな遠藤だからこそ書けた、類を見ない小説である。

――遠藤周作

狐狸庵と称し、その奇人変人ぶりでも知られた芥川賞作家の遠藤周作に、『競馬場の女』(昭45)というユーモア小説がある。夏の福島競馬場を舞台にしたもので、今ではもうあまり聞くことのないトップ屋、アッパッパなどの風俗用語が、小説を彩っている。

トップ屋とは昭和30年代に生まれた言葉で、新聞雑誌の一面トップに載るような記事を書くフリーのジャーナリストやライターらを指す。『黒の試走車』など産業スパイ小説で知られた梶山季之も、もとはトップ屋として活躍していた。またアッパッパとは女性用の簡易な夏の普段着の半袖ワンピースで、わたしはNHKの朝ドラ『カーネーション』を見て、それが女性の洋装化に寄与したものであったことを知った。夏の季語でもあることから夏競馬にぴったりで、小説にリアリティーを付加している。

そんな『競馬場の女』の主人公は、ちょっとスケベな独身サラリーマンの小林で、トップ屋が書いた週刊誌の色っぽい〈黄色ページ〉に一度ならず二度までも惑わされ、最後には競馬で儲けた大金の大半を女にだまし取られてベソをかく。

小説なので当然のことながらフィクションだが、友人知人へのいたずら電話の常習犯でもあった茶目っ気たっぷりの狐狸庵先生ならやりかねない話でもあり、その嘘とも本当ともつかない話に、ついつい引き込まれる。

禁断の黄色ページ

〈新宿区役所にそった道を大久保方向に歩くと……、鳥の名のついた旅館がある。そこで君が一人行って、

福島競馬場への想いが小説に反映されており、
細やかで温かい。
福島競馬場のおおらかな雰囲気を、これほど
までにうまく伝える小説はほかにあるまい。

遠藤周作（写真提供：朝日新聞社）

休ませてくれと言っても変な顔はされないよ。女中にチップをそっと握らせ、マッサージを呼んでくれと頼むべし。やがて白衣を着た可愛子ちゃんがやってくる。この可愛子ちゃんが曲者だ……〉

　小林が見つけた一つ目の黄色ページは、こうしたいかにも怪しげなもので、見ている雑誌も『週刊トップ』。そんな話には引っかからないぞと思いながらも……というのが男の悲しい性《さが》なのか、〈本当にそんなことがあるのだろうか、あるなら今夜にでも出かけてみようか〉とその気になってしまう。しかし月給日の直前で財布はスッカラカン。ところが上司から福島工場へタイミングよく出張を命じられ、ちょうど始まる福島競馬参戦の計画のみならず、出張に付くと思われる時間外手当をマッサージ代に充てるという好手を思いつき、にんまりするのであった。

　そして結果はといえば……、

〈馬鹿野郎〉
そう怒鳴りつけてやりたかった。

　何もかもが腹立たしかった。本当の按摩をしてもらいに態々、新宿の旅館までノコノコ出かけていき、休憩代をふくめ三千円ちかくも取られたおのれの馬鹿さ加減が泣きたいくらいだったが、それよりもそ

んな嘘出鱈目を週刊誌にのせるトップ屋を撲りつけたかった〉

そう、やはり引っかかったわけである。そして彼は福島へ向かう夜汽車の中でいら立つ。それは〈言論の自由など……飛んでもない話だぜ、断じて許せん。断じて〉と、興奮のあまり口走ってしまうほどだったが、郡山を過ぎたあたりで二つ目の黄色ページが目に飛び込んでくる。

〈彼はあくびをして読みさしの週刊誌をパラパラとめくり、競馬欄に書いてある競走馬の状況を何回も読みかえした。

彼としては新宿で失った三千円をできるなら明日の競馬でとり戻したかったのである。

「競馬場で女をアタックせよ」

この週刊誌の黄色ページにはそんなろくでもない見だしが載っている〉

さすがの小林も今度は無視を決め込み、福島駅へ降り立つとすぐに工場での仕事を済ませ、競馬場へタクシーを飛ばす。

ロンシャン競馬場よりも

そしていよいよ福島競馬場のくだりに突入するわけだが、その前に、作者の遠藤がどのくらい福島競馬場が好きだったのか、彼の連載競馬エッセー「かけ出しファンの手記」(昭46)を見てみたい。全11回中の第9回が福島のそれを最も詳細に記しているがちょっと長いので、端的にまとまっている最終回の一節を選んだ。フランスはロンシャン競馬場との比較をしているシーンである。

〈しかし気楽という点では、私はロンシャン競馬場よりも福島の競馬場のほうが好きだ。あの競馬場に夏、行ったとき、右も左も気どりのない服装をした人ばかりで、なかには丸首シャツにズボンのおじさん、昔なつかしいアッパッパを着たおばさんもたくさんまじっており、ながれてくるオデンの匂い、イカの匂い、ことごとく日本的で、私は競馬場はやはり、このほうがいいなあと、しみじみ思ったものだ〉

こうした想いが小説に反映されており、おじさんやおばさんの服装以外にも〈福島競馬は堅い〉などの情報も含め、細やかで温かい。福島競馬場のおおらかな雰囲気を、これほどまでにうまく伝える小説はほかにあるまい。

その堅い福島競馬で、小林は〈あとの三つのレースに一つぐらい穴が出るんじゃないかな〉と考え、中穴を狙うがやはり堅く、あせった分だけ大穴を狙っては失敗するが、最後のレースで穴中の穴を見事に当て、6万円の配当金をものにする。そして食堂で勝利のビールを味わい、上機嫌で帰路に就こうとすると、そんな彼の前に、一目で今日のレースでしくじったであろう〈二十七、八の色の白い、男好きのする顔だち〉の女が現れ、その瞬間、夜汽車で開いた週刊誌の〈競馬場で女をアタックせよ〉という見出しが脳裏に蘇る。

　ビールの酔いも手伝い強気の誘いをかけた小林は、彼女の勤める旅館へしけこむことに成功する。が、問題はそのあとに起こる。通された部屋で彼女が来るのを待っていると、壁越しに明日の八百長試合の話がかすかに聞こえてくるではないか。それによって明日の第2レースは〈三―三のゾロメ〉で確実と知った小林だったが、出張報告のためにどうしても今夜中に夜汽車に乗らねばならないし、かといって場外で買えるのは5レースからなので、女に手数料としてもうけの一割をやると約束し、4万円を預けて福島をあとにする。

　さて、もうおわかりだろう。またもや黄色ページに引っかかり、競馬場の女にカモにされたのである。当然のことながら〈三―三のゾロメ〉が来るわけもなく、ラジオで結果を聞いて慌てふためき旅館に電話をかけるが、昨夜と打って変わって他人行儀で、ひどく冷たくあしらわれてしまう。〈計られた〉と気付いても後の祭りである。

　遠藤は「かけ出しファンの手記」の第1回において、騎手と馬が繰り広げる競馬に〈人生の縮図を見ているような感じがする〉とロマンティックに語っているが、この『競馬場の女』では、美味しい話などないという人生の厳しさを、ユーモラスに描いている。

　こうした二面性は遠藤周作であり狸狐庵、宗教色の強い作品とユーモアあふれる作品とを書き分けるスタイルに通じるが、それによって己の精神のバランスをとっていたのが人間・遠藤周作だったのかもしれない。

遠藤周作（えんどう・しゅうさく）
1923（大正12）年3月27日、東京生まれ。幼少期を大連で過ごし、帰国後11歳でカトリックの洗礼を受ける。慶應義塾大学文学部仏文学科卒業後、フランス留学を経て、批評家、小説家に。55年『白い人』で芥川賞を受賞。代表作に『沈黙』『海と毒薬』『イエスの生涯』など。95年に文化勲章受章。96年死去。

16 芥川賞と競馬

競馬を主題にした小説が、
芥川賞の〝最有力候補〟になったことがある。
舟橋聖一が選考会で激賞したという、
大森光章の『名門』がそれである。

――大森光章

平成27年はお笑い界で活躍中のピース又吉が『火花』で第153回の芥川賞をとり、低迷していた文学界に大輪の花火が上がった感が強かったが、しかし、そんな芥川賞も、マスコミで大きく取り扱われるようになったのは、元東京都知事の石原慎太郎が『太陽の季節』（昭30）で第34回の芥川賞を受賞したのちのことだった。

石原は時代の寵児となり、彼の髪型をまねた「慎太郎刈り」が流行し、小説に由来した「太陽族」なる奔放な考え方をする若者が出現した。そして、そのダイヤの原石を見出した人物が、馬主文士として知られた舟橋聖一で、そんな彼が〈今まで「競馬」を扱った小説や戯曲の中では、群を抜いている。成功作である〉と選考会で激賞して◎をつけた小説が、大森光章『名門』（『円卓』昭36・5）だった。

結果は〈受賞作なし〉

残念ながら受賞こそ逃したが、〈ダービーの覇者となるために生まれてきたような駿馬ミハルを襲う皮肉な運命〉を厩務員の眼から描いた〝一風変わった小説〟は、その後、第45回の芥川賞候補作として『文藝春秋』（昭36・9）に掲載されたことにより、競馬を知らぬ読者にも広く読まれることになった。

そして当時はよくあることだったが、この回の芥川賞は、〈受賞作なし〉で、舟橋以外の選考委員9名の評価が気になったので調べてみた。すると、中村光夫△・石川達三〇・丹羽文雄◎・瀧井孝作■・宇野浩二（病気不参加）・井上靖■・川端康成□・佐藤春夫■・井伏鱒二△・永井龍男△となっており、大森のものが他の候補作よりも一歩抜きん出ていたことがわかった。もしこの作品が受賞していたら、芥

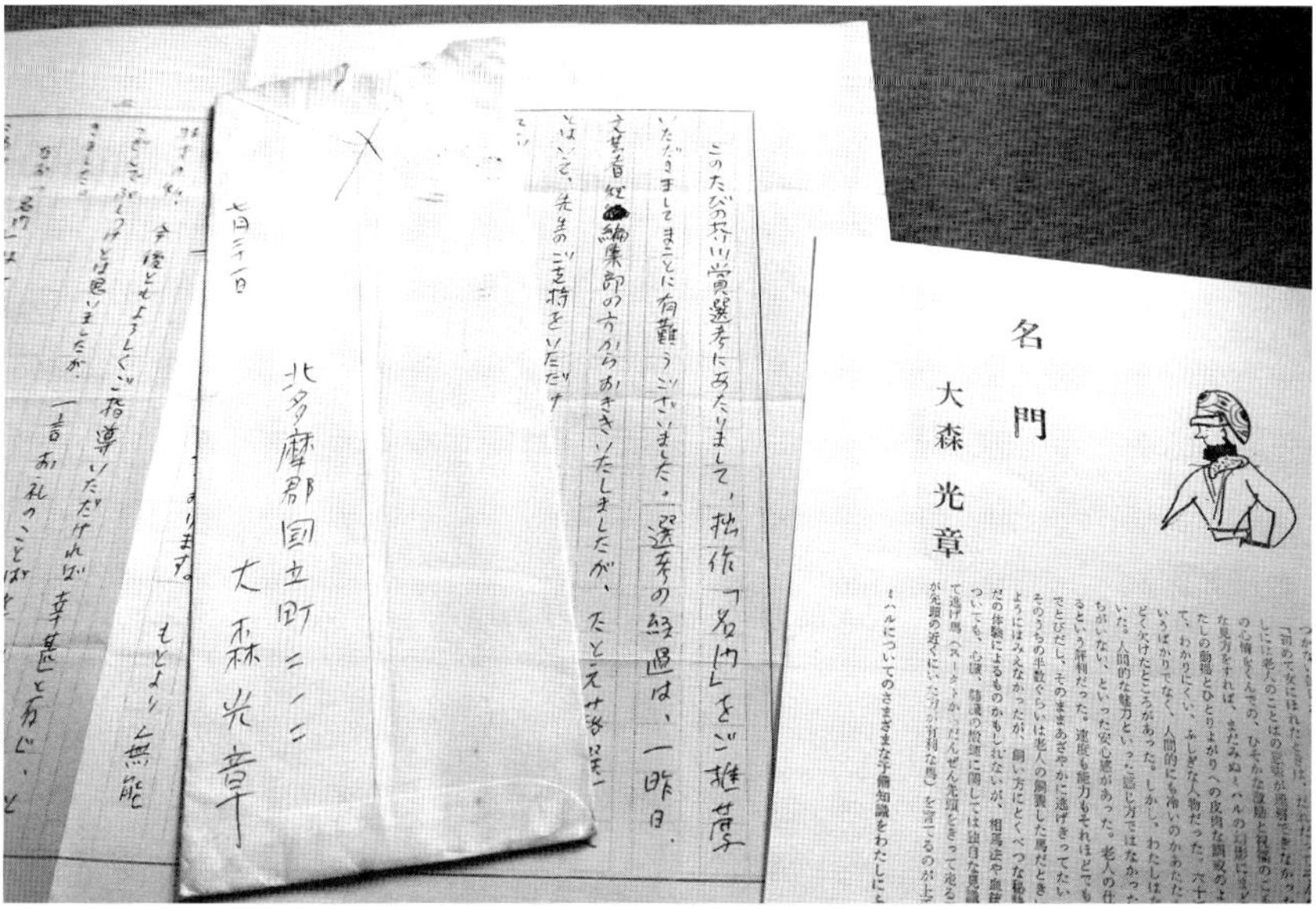

大森光章『名門』（『円卓』昭和36年５月、右）と、大森が舟橋に宛てた書簡（昭和36年７月）

ミハルが考えているであろう言葉を想像し、それを受け止めながら物語は展開されていく。
わたしが〝一風変わった小説〟と呼んだ理由はここにある。かつてここまで馬の内面を描いた競馬小説はなかった。

川賞初の競馬小説の誕生となって競馬界も大いに盛り上がっただろうに、まったくもって残念だ。

残念といえば、大森はその後も『王国』（第46回）、『培養』（第48回）と、合わせて3度候補に挙がったが、結局はダメだった。さぞかし悔しい思いをしたことだろう。ただ、『名門』の時は、そうした心情を伏せて、舟橋に次のようなお礼の手紙を書いている。

このたびの芥川賞選考にあたりまして、拙作「名門」をご推薦いただきましてまことに有難うございました。選考の経過は、一昨日、文藝春秋編集部の方からおききしましたが、たとえ落選したとはいえ、先生のご支持をいただけましたことは、身に余る光栄と存じております。私は昭和17年ごろ明大文芸科に在学していて、先生の国文学のご講義を受講させていただきました。文芸家協会の仕事をしているはずの伊藤森造氏と同級でした。私は事情あって間もなく退学し、軍隊にいってしまいましたが、二十年後はからずも芥川賞選考の席上でつたない作品をご支持いただける幸運にめぐまれ、ふしぎな旧懐の念で胸がいっぱいになる気持でおります。もとより無能非才の私、今後ともよろしくご指導いただければ幸甚と存じ、とつぜんでぶしつけとは思いましたが、一言お礼のことばをのべさせていただきました。

なお「名門」は一部省略の上候補作として文藝春秋九月号に掲載されることに決りましたので、ご報告申上げます。末筆ながら先生のご健康をお祈りいたします。

七月二十一日

大森光章

舟橋聖一先生

御侍史

この手紙からわかるように、大森は舟橋の教え子だったわけだが、舟橋はそれを知らずに選考している。そして昭和17年の舟橋は馬産小説『躍動』を『優駿』に連載していた。大森も読んでいたかもしれないが、彼に関する情報が少なく、よくわからない。わかっていることは、大正11年の北海道生まれ。幼いころから父の伴僧として葬儀や法事に出席し、明大文芸部中退後は軍へ入隊。戦後は小学校の教員を務めるかたわら、昭和21年に『新芸術派』を創刊。24年に上京し、印刷会社に勤めたり工員や大学職員として働いたりしながら執筆活動を続け、平成21年に没したという程度だ。

まあ、作者の経歴がわからなくとも小説は読めるわけだが、『名門』というタイトルは、主役の牝馬ミハルの生まれによる。

ミハルの父馬はヘロド系の英国産で、母馬は内国産だがダーレーアラビアン系。とくに母馬系にはダービーの優勝馬だけで5頭もいて、ミハルはその両親の血を継いで誇り高い。しかしそれは、主人公の厩務員・友田によって過度に与えられたミハルの特徴なのだ。たとえば、彼は自分が理解できないミハルの行動について、〈神経質で自尊心の強い貴族〉とか、〈わがままで、エゴイストで、見栄っぱりで、見識ぶっている〉など、ことあるごとに名門に引っかけて解釈する。また、〈わたしはおまえなんかいなくたって、ひとりで立派に完成してゆく能力をそなえているのだ〉など、ミハルが考えているであろう言葉を想像し、それを受け止めながら物語は展開していく。わたしがさきに〃一風変わった小説〃と呼んだ理由はここにある。かつてここまで馬の内面を描いた競馬小説はなかった。しかし、繰り返すが、それは友田の想像であり、彼は自らのそれによって思い悩む。

馬の内面を描いた異色作

　そんな彼を見ているうちに、わたしには心がすれ違ってしまったどこぞの夫婦の姿と重なって、「なんだかすごいぞ！」と引き込まれていった。夫婦とは合わせ鏡のようなもので、一方がマイナスに思えば、それがもう片方にも反映する。もしかするとこの小説は、そうした夫婦間の問題同様、いやそれ以上に難しいであろう人と馬とのコミュニケーションの問題を、文学的に突きつけているのかもしれない。

　そしてもう一つ気になるのは、物語の時代背景が昭和17年前後ということだ。

〈昨年三冠馬（サツキ賞、ダービー、菊花賞の三つとも優賞した馬）の偉業をなしとげたセントライぐらいの成功はおさめるかも知れない〉、もしくは〈戦争は米軍が南太平洋で反撃に転じ、ミッドウェー海戦のあと、ガタルカナルで激しい攻防戦が展開されていた〉という友田のセリフから、その年代が正確に理解できる。

　この昭和17年前後は、大森にとって何らかの転機が訪れた時のようだが、舟橋が『躍動』を描いていたころでもある。そして『躍動』は少なからず時代の影響を受け、国策文学の傾向をはらんでいたことは否めない。当時の馬は、お国のために活躍しなければならない道具だった。しかしながら、『名門』は同じ時代の馬産を描いたものではあるが、当然のことのようにそうした思想は皆無で、馬はむしろ人間に近しい。

　舟橋がこの小説に◎をつけた理由の深層に、そうした時代への反省があったと考えるのはわたしの深読みかもしれないが、今一度、読み比べる価値はあるはずだ。

17 戦前文士の競馬模様

昭和16年に創刊された日本競馬会（当時）の機関紙『優駿』に初めて連載された小説が、片岡鉄兵の『美しき闘志』である。しかしこの作品、爽やかさはあれど、人間臭さを感じない。おそらく、連載開始時の時代背景がそうさせたのではないか。

——片岡鉄兵

新聞雑誌を片っ端から読むことも仕事の一つなのだが、先日（平成28年）、昭和24年11月29日の毎日新聞（夕刊）紙上で、〈二代目菊池寛　演劇、映画、競馬まで……〉という見出しにぶつかった。と同時に、その記事のど真ん中に、ゴージャスな女性ものの毛皮をまとった、スカートにハイヒール姿の舟橋聖一の似顔絵を発見し、思わず吹き出してしまった。

見出しと女装とが最後までかみ合わない記事だったがそこがまた面白く、とにかく、舟橋の人気と勢いがすごいことを物語っていた。少し長い引用になるが、菊池寛の後釜に就くのは誰なのか、その「文壇ダービー」の実況中継の一端を見てみよう。

〈多年文壇の大御所として対内的にも対外的にもゆるぎない地位を確保していた菊池寛が、終戦後追放になり、やがて亡くなつたとき、その後をつぐものはだれかということが、あちこちで話題になつた。菊池の文壇的外戚ともいうべき山本、久米、小島には統率力乏しく、直系の横光、川端は線が細すぎる。外様ではあるが幅と迫力の点で、舟橋、石川、丹羽のトリオが、この菊池寛ダービーの優勝候補としてもつとも有望視された。三人の中で後進の面倒をもつともよくみるのは丹羽だが、視野が少し狭すぎる。石川の作品のはだは菊池に一番近いが、生き方が個人主義から脱しきれぬきらいがある。これに反して舟橋は、とやかくいわれながらも、いちはやく文芸家協会の理事長に就任して対税務署戦の陣頭指揮などをする一方、演劇、映画を初め競馬の世界にまで菊池の後をつぎ、今や石川、丹羽を相当引き放し、すでに二代目菊池寛としてゴールインしたと判定する向きもある。しかし舟橋自身に伺いを立てれば

新刊

なぜ人はカルトに惹かれるのか

脱会支援の現場から

瓜生　崇著　1600円

アレフ脱会支援で気づいた、正しさ依存の心理。自らの体験告白とともに、脱会とは迷いながら生きる勇気を持つこと、とエールを送る。

お迎えの信仰

往生伝を読む

梯　信暁著　1600円

天皇から庶民まで、往生極楽を目指した人々の命終時に現れた不思議な現象の記録「往生伝」を現代語訳し、「お迎え」信仰の実態に迫る。

（ノーベル化学賞受賞者の随筆集！）

自然に学ぶ

白川英樹著　1200円

豊かな創造性、旺盛な好奇心、本質に迫る洞察力などは生活に密着した学びのなかで育まれる。2000年ノーベル化学賞受賞者の随筆集。

片岡鉄兵『美しき闘志』（昭和17年、右）と、『優駿』創刊号に掲載された『美しき闘志』（昭和16年５月）

「おれの望みはもっと大きく菊池寛プラス谷崎潤一郎だ」というかもしれぬ〉

　褒めすぎの感が強いが、それにしてもこのような評価も当時はあったわけだ。

穴場でのノリ合い

　こうしたダービーにたとえた記事が出たのは、菊池と舟橋が馬主文士だったからだろうが、戦前はこの2人に加え、『姿三四郎』の富田常雄、「ちいさい秋みつけた」のサトウハチロー、『花嫁学校』の片岡鉄兵といった文士たちが競馬に夢中になっていた。

　舟橋と富田とは東京帝大時代、劇団心座で一緒になってからの付き合いだが、昭和10年前後はお互いまだ無名同然で金もなく、「ノリ合い」をする仲だった。

　ノリ合いとは、複数人で1枚の馬券を買うことで

昭和16年連載開始の『美しき闘志』に戦争の影響が及んでいたとしても、まったく不思議なことではない。

ある。馬券は20円で、単複各1枚まで買うことができ、2枚以上買えば「2枚買い」となり、張り込みの刑事や農林省の役人らによって逮捕され、府中や船橋の警察署で数日留置される。ノリ合いは見知らぬ他人とやることもあり、逃げられたら大変だから、4人だったら4人、みんなで手をつないで発券場たる「穴場」の周りを右往左往していたようだ。まさに珍風景だが、この穴場も舟橋にかかっては、どうにも色っぽいものとなる。

穴場はとても小さな窓口で向こうが見えず、その奥に売り子の女性が立っていた。そこに金を突っ込むと、その手を売り子がぎゅっと握り、馬券をピシッとたたくように渡してから離す仕組みだった。これは同じ手に2度馬券を渡さないための工夫だが、舟橋はその穴場の〝美女〟を、欲しいままに想像していたというのだ。これは彼に限ったことではなく、世の競馬ファンの男性は、多くがそうだったのではなかろうか。

また、舟橋に直接競馬を教えたのは、サトウハチローの弟で風来坊の佐藤節だった。彼の生活はめちゃくちゃで、評判も悪かった。しかし競馬愛は本物で、弁当一つとっても、「競馬ほど面白いことをやるのに、昼弁当のうまいまずいを言うようでは、まだダメですよ。僕は大体において、昼弁当抜きです。弁当を何にしようかと考えるようでは、いい馬券は取れない」という具合だった。また、穴馬を買うことを教えたのも佐藤で、舟橋はそんな彼を、周囲の評判など気にせず好ましく思っていた。

しかし、穴馬を買うといえば片岡に勝る者はいないだろう。あっと驚くような穴馬を平然と買っていて、そしてだいたいが不的中だが、たまに来ると2百円の大穴になったりした。菊池も「鉄兵のは、無茶だ」とよく言っていたようだが、それでも彼は徹底して大穴を狙い、立て続けに4日間40レース負け続け、やっと200円取ったのがレコードとなっている。また片岡は逃げ馬が好きで、「あの馬は、スンナリ逃げられると大穴になる」とか、「逃げの一手しかないスプリンターだ」と、その逃げの華麗さを好んだ。

『優駿』初の競馬小説

そんな片岡が書いた競馬小説が『美しき闘志』である。しかしながらそれは、逃げ馬の話でも大穴の話でもない。そこがまた不思議なところで、作家としては単純に自分の好みを描くわけでもないようだ。そしてこの物語については、さきに「7　当て馬」で

〈昭和11年に全国各地の競馬団体が統合されて日本競馬会が結成され、昭和16年にその機関誌『優駿』が創刊されるのだが、それに初めて競馬小説『美しき闘志』を連載したのが片岡だった。〉と紹介したが、主人公瀬川の、騎手として男としての真面目さ際立つ成長物語で、八百長試合の誘惑にも屈しない、なんとも爽やかな仕上がりとなっている。しかしながら正直、前に紹介した彼の『朱と緑』ほど面白くない。『朱と緑』にはもっとなにかこう、人間臭さが漂っていて好ましかったが、こちらはいかにも作り物という感じで好きになれない。この人工的な美しさは舟橋の『躍動』（昭17）にも見られる種類のもので、もしかすると、この昭和16年開始の連載小説にも、すでに戦争の影響が及んでいたのかもしれないと考えた。

そこで、『優駿』創刊号をあらためて調べたところ、戦争の影響を明らかに受けていることがわかった。目次の一部をピックアップしてみたい。

戦時下の競馬　長森貞夫
軍馬と軽種の関係　横屋　潤
戦時英国の競馬（資料）
太平洋の展開　海軍大佐 大宅由耿
アメリカ参戦の危機　四茂田義茂
仲よし隣組（こども漫画）　吉永哲男

こうして見ると、『美しき闘志』に戦争の影響が及んでいたとしても、まったく不思議なことではない。それはまだ強制という形ではなかったかもしれないが、この時代に「書く」ということは、たぶん、そういうことだったのだ。

女装した舟橋の似顔絵
（毎日新聞 昭和24年11月29日夕刊）

18 馬の絵

20世紀前半のフランスで活躍した画家ラウル・デュフィは、ロンシャンなどの競馬場を多く作品のモチーフとした。デュフィが描いた「西欧の近代性」の影響を強く受けたのが中河與一の透谷文学賞受賞作『恋愛無限』である。

——中河與一

買ってしまった！

競馬ファンならずとも楽しめるラウル・デュフィの名画「エプソム、ダービーの行進」（昭10）を、複製ではあるがついに手中に収めたのだ。毎週末の負け戦で三度の食事に「う〜ん」と思い悩むような生活を送っているわたしにとって、それは思い切った贅沢だった。

さっそく殺風景な部屋の壁にそれを飾ると、そこに小さな「窓」が生じ、色鮮やかな競馬場の風景が開いた。馬の行進を楽しむシルクハットの英国紳士や貴婦人の姿、そして複数のテントがにぎやかだ。

「お〜、なんて優雅な眺めなんだろう」

隣に座っている腹話術人形のチャーリー君に、コーヒーを勧めつつ語りかけた。すると、

「うん、素敵だね。デュフィは〃色彩の魔術師〃と呼ばれる画家だったんだよ。配色と描線が微妙にズレているところが躍動感や透明感を生み出しているんだよね」

「!?」

チャーリー君が絵画に通じていたなんて、長年の付き合いだが知らなかった。

「あはは、送られてきた解説書に書いてあったんだ。驚かせてごめんね」

ぬぬ、さすがは怪人二十面相のもとで活躍していた元「悪魔人形」だけある。敵を攪乱させる腕前は見事なものだ。

などなど、嬉しさのあまり、またも一人遊びに興じてしまったが、このエプソム競馬場については、

ラウル・デュフィ「エプソム、ダービーの行進（原題 Le Défilé du Derby, Epsom）」（複製画、筆者撮影）

数々の競馬小説や評論を手がける高橋源一郎がそのエッセー集『競馬漂流記』（平8）において次のような感想を残している。

〈1991年6月5日。わたしははじめてエプソム競馬場に足を踏み入れていた。果てしなく長い直線、濡れて長く深く密集した芝、そして向こう正面の桁外れの丘。すべてのサラブレッドの始祖がここを走ったという思いがわたしを圧倒していた〉

　ここには世界初のダービー開催地に対する彼の畏敬の念が表出しており、それがわたしの中でデュフィの絵と溶け合い、「やっぱり買ってよかった」と思わせた。

こうして過去を振り返ってみると、
わたしが馬に興味を抱いた最初は絵画で、
競馬場はそのあとだったことになる。

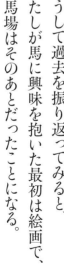

絵画から競走馬へ

デュフィは、ピカソやシャガールとともに20世紀前半（和暦にすれば昭和戦前期）のフランスで活躍した画家で、競馬場はお気に入りのモチーフだった。当時、西欧の競馬場はおしゃれな社交場で、彼はフランスのロンシャンやドーヴィル、イギリスのアスコットなども描いていて、あまりにも素敵すぎる。

しかしながら、わたしがデュフィの絵に興味を抱いたのはつい最近（平成28年）のことで、その理由はのちほど語るが、それ以前は日本人画家による馬の絵ばかりを追い求めていた。それは平山郁夫の絵が実家の玄関に飾ってあった影響だが、その後は坂本繁二郎や東山魁夷らの名画に親しんだ。

なかでも坂本が戦中期に描いた「壁画下図」（昭18）が好きで、高校時代に通っていた美術学校でそれを初めて見たとき、神馬がいるとしたら、こうしたものに違いないと思った。淡いピンクを基調とした道の上に、2頭がそれ以上はない相応しさでたたずんでいたのを記憶している。こうして過去を振返ってみると、わたしが馬に興味を抱いた最初は絵画で、競馬場はそのあとだったことになる。

その美術学校は、高校から電車で40分ほど行った商業地区にあり、そこには大人で個性的な人が多く集まっていた。

「お～高校生、今日も休まず来たか」

「はい、〝三郎さん〟こそ今日も行ってきたんですね」

「どこへだよ？」

「パチンコ屋ですよ。お店の匂いがプンプンしてますよ」

芸大を目指していた彼とはデッサンの授業中に親しくなった。3浪中ということで自虐的にその名を使っていた。

三郎さんからは数々の遊びを教わった。その極め付けがパチスロで、彼は通販で買ったスロットマシーンを学校近くのワンルームに持っていて、時間の許す限り、わたしはそれを打ち続けた。

たしかニューペガサスという名前だったと思う。コ台に描かれた2頭のペガサスが神々しかったが、コインをどれほどつぎ込めば当たるかわからない、天井知らずの化け物だった。リーチ目がたくさんあり、全部覚えようと必死だった。

「三郎さん、このペガサスって、なんとなく平山郁夫の天馬に似てますね」

「それってどんなやつ？」

「月夜に照らされた幻想的な馬です」

学校の画集にそれはあったが、馬にまったく興味のない三郎さんは、見たことがなかったようだ。

それにしてもパチスロと馬が結びついたのは、この機種が最初だったのではなかろうか。馬と遊技場というテーマで書いたら面白そうだ。


話をもとに戻そう。

わたしがデュフィの絵に興味を抱いたのは、中河與一が『愛恋無限』（昭10）の自解をしている戦後の回想記を読んだのがきっかけだった。

中河の回想記に記述

〈現代の画家の中で馬の姿態を最もよくとらへ、これを描いてゐる人はラウル・デュフイではあるまいか。私は昭和十年頃、競馬を主題にした新聞小説を書かうとして、デユフイの絵をくりかへして眺め、また府中の競馬クラブに入りびたつてゐたことがあつた。（中略）その頃は丁度、競馬といふものが最も盛んになつた頃で、競馬場の風景の中に、ヨーロッパ的な風俗や風景が見られるやうになつた最初ではなかつたかと思ふ。昨今は文士のなかにも舟橋聖一とか吉屋信子とか馬を持つてゐる人がかなりあるやうであるが、その頃は菊池寛氏一人位のもので、菊池氏は競馬の頃になると何時もそはそはして、行つてみると、大抵の場合、双眼鏡を首にかけてその辺に立つてゐられた〉

この文章からは、中河が菊池同様、かなり早い時期から競馬場通いをしていたことがわかる。そして彼がデュフィの絵が持つ「西欧の近代性」を小説に取り込もうとしたことも理解できた。

そんな馬や馬の絵の研究成果でもある『愛恋無限』は、恋愛至上主義のはしりとなった明治の詩人・北村透谷の名を冠した透谷文学賞の第1回を受賞している。自分では競馬を主題にしたつもりらしいが、そちらからの評価は今後の課題にさせていただこうか。

ラウル・デュフィ（Raoul Dufy）
1877年、北フランスのル・アーブル生まれ。「色彩の魔術師」の異名を取り、ピカソやシャガールと並ぶ20世紀のフランスのパリを代表する近代画家。代表作に1938年のパリ万博のために描いた装飾壁画「電気の精」など。53年死去。

19 馬のルポルタージュ

——沢木耕太郎

ルポライター沢木耕太郎の初期の作品『敗れざる者たち』に、「イシノヒカル、おまえは走った!」という一編がある。沢木は後年の作品にも同馬に関する後日談を残しており、その中で「俺の馬」と発言するほど思い入れていたようだ。

沢木耕太郎原作・大沢たかお主演『深夜特急』を、東京練馬にある佐藤勝先生のお宅で観たのは、わたしが中国の大学勤めを終え、帰国してすぐのことだった。

「大沢たかおという俳優は、彼があまりにもさりげなくやってるから気づく人がいないかもしれませんが、ほら、わざとガニ股で歩いているでしょう。旅とはそういうもので、ガニ股でないとすぐに疲れてしまいますよ。ほかのドラマや映画では普通に歩いているはずだ」

先生は近代文学研究の大家で、その博識と慈愛満ち溢れる人柄から、多くの人々に慕われていた。

「たしかに江戸時代にタイムスリップした脳外科医のドラマ『JIN-仁』では、普通に歩いてましたね」

「そうでしょう。彼は近頃の役者のなかで、すば抜けてますよ。そして、彼が革ジャンを旅の間持ち歩いているが、あれは原作者の沢木がそうしていたに違いないんだろうけど、旅をするにあたってあの1枚が、体温調節にどれほど役立つかということも、大沢はよく表現していますよ」

先生と一緒に映画やドラマを観るときは、必ずこうしたレクチャー付きだった。それは彼が『マイ・バック・ページ』で知られる映画評論家の川本三郎の恩師で、その道に関する造詣も深かったためである。そして、すっかりその世界に魅了されたわたしは、『深夜特急』のDVD BOX版を購入してから帰路についた。

BOX版は、平成8年から10年にかけてテレビ放送されたものを、「熱風アジア編」「飛光よ!ヨーロッパ編」「西へ!ユーラシア大陸編」にまとめたも

昭和47年、有馬記念優勝時のイシノヒカル（写真提供：JRA）

のである。これは先生と同意見なのだが、その中でも東京から香港、そしてバンコクを経由してカルカッタまで旅する「熱風アジア編」が秀逸だ。

京都のワンルームに自立式80インチスクリーンを立てて「熱風アジア編」をプロジェクターで映し出すと、そこは一瞬にして大陸の空気に飲み込まれた。

なんと情感あふれる旅なんだろう。帯には〈手触り、いたみ、熱、交歓、再生。旅を生きた26才の沢木耕太郎の足跡をたどる〉とある。若干26才でこんなすごい経験をしているとは……。少なからずジェラシーを抱きつつ、別件での電話だったが、こんな質問を佐藤先生にしてみた。

「作家としての沢木をどう思いますか？」

「自分で彼の作品を読み通してみたほうがいいでしょう。わたしも全部を読んだわけではないが、彼の

『深夜特急』に始まったわたしと沢木作品との関わりは、競馬との関係で、いささかねじれ気味に深まった。

ルポライターとしての資質は『敗れざる者たち』あたりで開花していたと思いますね」

私は『敗れざる者たち』(昭51)をすぐに近くの図書館で借りた。すると「イシノヒカル、おまえは走った!」と目次にあるではないか。

沢木の競馬ルポ

沢木が競馬ルポを書いていたことに驚いたが、それは昭和47年の菊花賞と有馬記念の優勝馬であるこのイシノヒカルの馬名を、中国での講義中に次のような例として出したことがあったからだ。

「光源氏という名前は知っていると思いますが、なぜ紫式部が『源氏物語』の主人公に光という名を付けたのか。『竹取物語』の一節には〈その竹の中に、本光る竹ひとすぢありけり〉とあって、その光こそが、かぐや姫でした。光という言葉には高貴なとか、美しいという意味が込められていて、紫式部はそれを光源氏に当てたんです。つまり、高貴な源氏さまということになったわけですね。ところでヒカルメイジ、イシノヒカルなど、日本の競走馬にも光という文字を当てた馬がいます」

イシノヒカルに関するわたしの知識はないに等しかったので、沢木のそれは非常に面白かった。イシノヒカルという名が、馬主の石峰清仁のイシと光源氏のヒカルをとって合字されただけでなく、〈必ずダービーを取るという固い意志を込めた〉ということもわかった。しかしこのルポは、ダービーが6着で負けたところまでを描き、〈いいさ、おまえはたしかに走ったんだから……〉という〈酔っぱらったひとりの馬丁〉の嘆きで終わっていた。それは厩務員見習いとして厩舎に住み込んでいた沢木自身の言葉だろうが、読者としては、イシノヒカルのその後の活躍が気になる。また「あとがき」には〈「イシノヒカル、おまえは走った!」を書き終えた時、自分に可能なひとつの道筋が見えてきたのだった〉と記されていて、その道筋とやらも気になった。

まあ、気にしていても仕方ないので、作品をどんどん探して読み進めていくと、なんと、イシノヒカルのその後を描いた『バーボン・ストリート』(昭59)に行きついた。少し見てみよう。

俺の馬は強いだろ

やがて秋になり、京都競馬場で行われる菊花賞レースにその馬も出ることになった。私の取材はすでに終っていたが、どうしても応援しようと関西に向かった。(中略)駅の近くの大衆食堂に駆け込むと、まさにレースは始まっており、各馬は最終コーナーに差しかかっていた。だが、画面を見ても、アナウンサーの実況にも、少しもその馬が出てこない。と、直線に入って、驚くほどの大外から猛然と差してくる馬がいるではないか。そして、先行馬を一気に抜き去ると、そのままゴールインしてしまった。（中略）

「どうだい、俺の馬は強いだろ」

　東京に帰ると、友人たちから盛んに冷やかされた。

「まったく強かったな、俺の馬は」

　冷やかされはしたが、あの馬は走らないといっていた友人も含めて、仲間はほとんど秘かに「俺の馬」の馬券を買ってくれていて、しばらくは気持も懐中も暖かくすごすことができたものだった。もっとも、その馬イシノヒカルは菊花賞ばかりでなく有馬記念にも勝ち、私たちで買い取ろうという夢は破れてしまったが、すでに私の気持の中では彼は「俺の馬」だったのだ。

　補足しておくと、沢木はダービーで負けたイシノヒカルが桜肉にされてしまったら可哀想すぎるから、友人知人に頼んで金を集めて買い取り、子供を生ませてダービーに再挑戦させようと考えていた。その気持ちが「俺の馬」として表れている。

　そして「深夜特急ノート」とサブタイトルのついた『旅する力』（平23）には、スポーツの世界や勝負の世界といった自分が描くことのできるジャンルを、「イシノヒカル、おまえは走った！」を書くことによってたしかに手に入れた、とあった。これが彼の〈自分に可能なひとつの道筋〉であったことは間違いない。

　このようにして『深夜特急』に始まったわたしと沢木作品との関わりは、競馬との関係で、いささかねじれ気味に深まっていったが、佐藤先生はきっと「仕方がありませんねえ」と、いつもの笑顔で受け入れてくださることだろう。

　佐藤先生の一周忌となる平成28年1月23日、わたしは思い出深き『深夜特急』をスクリーンに映し出しながら、このエッセーを書き続けた。

沢木耕太郎（さわき・こうたろう）

１９４７（昭和22）年11月29日生まれ、東京都出身。『テロルの決算』で第10回大宅壮一ノンフィクション賞を受賞したのち、スポーツや旅などを題材にした作品を執筆、２０１３年には『キャパの十字架』で第17回司馬遼太郎賞を受賞するなど活躍中。

20 天才ノラウマなのだ

『天才バカボン』に登場するノラウマをご存知だろうか。
なぜ赤塚不二夫はこの馬券名人キャラクターを描いたのか。
彼の回想記にダービー観戦記は残されているが、
出生地である満洲にもそのヒントがあるのではないか。

――赤塚不二夫

赤塚不二夫『天才バカボン』に〝ノラウマ〟なるキャラクターが登場する。

〈サラリーマンの中山くん、ウマ社員として活躍するも競馬をやりすぎて会社をクビに。そしてウマのくせに飼い主がいない野良になったので、ついた名前がノラウマ〉

これは赤塚不二夫公認サイトの解説だが、もとの名が中山くんというのもうまくできている。

そしてこのノラウマ、バカボンや目ン玉つながりのおまわりさんを「ニャヒヒーン」と軽くあしらうユニークな奴で、なによりめちゃくちゃ競馬がうまい。

「じゃ このレースはどれがくると思う？」

「①―⑥だな!?」

「えーっ!? まさか!! このウマは大きいレースじゃいつもビリだぜ」

と同僚の誰もが信じなかったレースで、札束の山ができるほどの大当りを取る。ノラウマいわく、〈ウマのことはウマがいちばんよく知ってるからね〉。

その後も快進撃を続けるが、その間まったく働かなかったことから、会社をクビになる。ならば競馬で……と考えるも、あまりの的中率にブラックリストの一人として顔写真が競馬場に回っていて、「あんたはだめ!!」てな具合で馬券を売ってもらえない。結果、公園で寝泊まりするノラウマとなった次第。

わたしがこのノラウマと出会ったのは5年ほど前（平成23年）のことで、「京都国際マンガミュージアム」における挿絵調査がきっかけだった。

そこは小学校の跡地を利用した日本最大のマンガ

郵便はがき

料金受取人払郵便

京都中央局
承認

1989

差出有効期間
2022年3月
31日まで

(切手をはらずに
お出し下さい)

6008790

110

京都市下京区
正面通烏丸東入

法藏館 営業部 行

愛読者カード

本書をお買い上げいただきまして、まことにありがとうございました。
このハガキを、小社へのご意見またはご注文にご利用下さい。

お買上 **書名**

＊本書に関するご感想、ご意見をお聞かせ下さい。

＊出版してほしいテーマ・執筆者名をお聞かせ下さい。

お買上
書店名　　区市町　　**書店**

◆新刊情報はホームページで　http://www.hozokan.co.jp
◆ご注文、ご意見については　info@hozokan.co.jp

14.3.5000

ふりがな ご氏名	年齢　　歳	男・女
〒□□□-□□□□ ご住所	電話	
ご職業 (ご宗派)	所属学会等	
ご購読の新聞・雑誌名 （ＰＲ誌を含む）		

ご希望の方に「法蔵館・図書目録」をお送りいたします。
送付をご希望の方は右の□の中に✓をご記入下さい。　□

注 文 書

月　　日

書　　名	定　価	部　数
	円	部
	円	部
	円	部
	円	部
	円	部

配本は、○印を付けた方法にして下さい。

イ. **下記書店へ配本して下さい。**
（直接書店にお渡し下さい）

（書店・取次帖合印）

書店様へ＝書店帖合印を捺印の上ご投函下さい。

ロ. **直接送本して下さい。**
代金（書籍代＋送料・手数料）は、お届けの際に現金と引換えにお支払下さい。送料・手数料は、書籍代 計5,000円 未満 630円、5,000円以上 840円です（いずれも税込）。

＊お急ぎのご注文には電話、ＦＡＸもご利用ください。
電話 075-343-0458
FAX 075-371-0458

（個人情報は『個人情報保護法』に基づいてお取扱い致します。）

『天才バカボン』に登場する馬券好きキャラクター「ノラウマ」（©赤塚不二夫）

博物館で、30万点以上ものマンガが所蔵されており、戦前戦後の貴重な資料も閲覧できた。

　マンガ好きなわたしはこれ幸いと、休憩時間に、そこでしか読めない手塚治虫や石ノ森章太郎の初期作品を多く楽しんだ。そのなかに『天才バカボン』もあったわけだ。

ノラウマ満洲馬説

〝バカボン〟という言葉は、「放浪者」とか「さすらい人」を意味する英語の〝バガボンド（vagabond）〟を反映させたものである。

　それを知って読み返せば、マンガの世界観が日本のそれではなく、大陸的なものであることに気づく。そう、『天才バカボン』とは、赤塚不二夫の幼少期における満洲体験が大きく影響した「大陸マンガ」なのだ。ノラウマのタフさやおおらかさ、そしてそのツギハギらけのズックリとした外見も、日本の馬

「デタラメに買えばいいのだ」
人には皆個性があるんだ。
人それぞれ顔の形が違うように、
馬券の買い方も千差万別なのダ。

というよりは満洲馬のイメージにより近い。

満洲国は昭和7年から20年まで中国東北部にあった国家である。フストエンペラーとして知られる溥儀がその頂点にいたが、実権は日本が握っていた。そしてその地に日本は複数の競馬場を設け、タフな満洲馬に優良なアラブ馬を掛け合わせるなど改良に改良を重ね、優秀な軍馬を育成していった。

赤塚不二夫はその満洲に昭和10年に生まれ、憲兵の父に連れられ僻地を転々とし、終戦後の21年に引き揚げの経験を持つ。彼の人格形成の基礎は満洲にあったわけで、回想記『『メーファーズ』—これでいいのだ!!』の中において次のような言葉を残している。

〈満州の体験がその後の生き方にどう関わってきたかといえば、おやじとおふくろから教わってきたことじゃなくて、自分自身が大地で育ったという、なんとなくおぼろげながらの記憶っていうのはある。おおらかな景色を見て、おおらかな生活をしてきたということに起因するんじゃないかと思う。

日本のなかではみんながギスギスして生きていくっていうのがある。ところが、満州育ちっていうのは、なんか適当で、アバウトで、「どうでもいいや」「なるようになるさ」って生きちゃった、みたいなのがある。要するにせこせこした生き方より、おもしろくて、のんびりした連中が好きなんだ〉

これを読めば、わたしの唱える「ノラウマ満洲馬説」も、それらしく聞こえてくるのではなかろうか。

そしてこの満洲ができたころから、馬の存在が大きく変わった。それまで大陸にいた馬は、人や物を運ぶための家畜だったが、競走馬という新たな種が加わったのだ。しかしながら幼少期の赤塚にそれが理解できたとは思えない。また、戦後に漫画家となりノラウマなるキャラクターは作ったものの、かなりのちまで競馬を知らないでいたので、彼の馬体験は満洲のそこいらに普通にいた駄馬、家畜としての満洲馬によるものだったに違いない。

赤塚不二夫のダービー体験

さて、赤塚の初めてやった競馬はダービーで、それは昭和56年のことであった。

1着、③カツトップエース

2着、⑳サンエイソロン

3着、⑬コーラルシー

彼の「バカボン一家のダービー観戦記」には第48回のそれが記されており、レースもさることながら、ジョッキー・厩務員・審判員・穴場のおばさんにまで関心が向いていた。プロの漫画家として裏舞台が気になったのだろう。『天才バカボン』同様、一見無秩序のようだが、最後にはうまくまとめられていた。

「デタラメに買えばいいのだ」

5月31日、日曜日、曇り。

この日、日本列島は、スッポリと寒気団に覆われていた。北海道では放牧中の牛が凍死したという。

府中競馬場も寒かった。いくら酒を飲んでも、体が震えた。だが、ダービーのゴール前の迫力に、一瞬だけ寒さを忘れた。（中略）

僕は競馬のことは、よくわからない。というより、まったく知らない。だから、馬券の買い方もデタラメだ。

僕がダービーで買った馬券を次に記す。

①―②　五千円／②―⑤　三千円／⑤―⑥　三千円／①―⑦　三千円／④―⑧　二千円／④―⑥　三千円

僕と一緒に行った、雑誌の編集者が、この馬券を見て、フンと鼻先で笑い、

「バカボンの親爺が馬券を買えば、きっとそんなふうになるだろうね」

と言った。

いいじゃないか、人には皆個性があるんだ。人それぞれ顔の形が違うように、馬券の買い方も千差万別なのダ。

ノラウマが生まれたのが連載のどの段階だったのかは、『マガジン』や『サンデー』など、切り替わっていったその発表誌を丹念に調べればわかるだろうが、このダービー観戦がノラウマ誕生に関わっていたとしたら面白い。関わっていなかったとしても、競馬を知らずしてなぜそんなキャラクターを作ったのか、それはそれで興味深い。が、きっと「大した意味はないのだ」とか、「これでいいのだ（メーファーズ）」と言われるのがオチだろう。

赤塚不二夫（あかつか・ふじお）
1935（昭和10）年9月14日生まれ。漫画家。本名・赤塚藤雄。旧満洲国の出身で、46年帰国。手塚治虫の『ロストワールド』に影響を受け漫画家を志し、56年に『嵐をこえて』でデビュー。代表作に『天才バカボン』『おそ松くん』をはじめとするギャグ漫画のほか、『ひみつのアッコちゃん』など。2008年死去。

21

馬の天国と地獄

――賀川豊彦、織田作之助

『馬地獄』（織田作之助）『馬の天国』（賀川豊彦）という、ともに馬と人間の関係を描いた文学作品を紹介する。タイトルからしてまさに真逆と言っていい2作品だが、読み込めば、そのアプローチも正反対であることがわかる。

まずは地獄のお話から。

競馬ファンの間で織田作之助といえば『競馬』（昭21）がつとに有名だが、いったい彼はいつから競馬を始めたのだろうか。作家仲間の杉山一平に宛てた昭和15年11月6日付けの書簡に〈この一月程競馬にあけくれたが、いよいよ長篇を書くことになった〉とあるので、それ以前ということは確かだ。

そんな織田に『馬地獄』（昭16）という短編がある。彼が馬を描いた最初と思われるが、『夫婦善哉』や『世相』同様、大阪生え抜きの作家〝織田作〟にしか書けない秀作である。

舞台は大阪・中之島

「根川先生、織田作の『馬地獄』って小説ご存知ですか？」

「いえ、それは読んだことがありませんねえ。どんな小説ですか？」

「中之島に架かる船津橋とそのたもとが舞台の小説です。〈東より順に大江橋、渡辺橋、田蓑橋、そして船津橋まで来ると、橋の感じがにはかに見すぼらしい〉という書き出しが、いかにも織田作って感じでいいですよ」

「中之島ですか。もしかしたらそれはスタンダールにおけるパリのカルチエ・ラタンに対する、織田作における大阪の中之島を描いた小説かもしれませんねえ」

ふむふむ……。織田作はスタンダールの『赤と黒』を読んで小説を書き始めた作家なわけで、その指摘は的を射ているように思えた。

「さすがは大阪出身ですね」

「いやいや。付け加えれば彼の小説にはガタロといって、川底に落ちた財布や貴金属を漁る人々が出てきますが、そうした様々な風俗と切っても切れない大阪という土地が、織田作のリアリズムにつながっているのではないでしょうか」

根川幸男先生はブラジル帰りの移民史研究者で、最近になって織田作を読み返しているという話を聞いていたので、仕事帰りに質問してみたのだった。いろいろ教えてもらって楽しかったが、なぜか最後には、「アナコンダを蝶々結びにして木にぶら下げた」など、アマゾンのおじいさんたちの武勇伝を聞いて笑い転げていた。この「笑い」を提供したいという精神も大阪人の強い気質だろうが、そうした土地柄と絡めた織田作評を、同郷の先輩作家である藤沢桓夫が残しているので見てみたい。

〈由来、大阪人には、「新もん食い」の異名があるのは、多くの人の知る通りだ。斬新なものを歓迎し、珍重する。独創的な着想を何よりも大切にする。つ

『馬の天国』（賀川豊彦 著／日曜世界社 刊、昭和８年発行）

童話とリアリズムという
正反対からのアプローチで、
作家としての資質の違いが、
ありありと表れている。

まりは、他人の真似をするのが何よりも大嫌いだ。（中略）織田の場合も、この「新もん食い」の精神、他人の真似の大嫌いな気風、つまりは現実摘発の新しい手法の開発の心構えに於いて、前記の先輩（井原西鶴ら――筆者註）に決して劣らぬものがあり、少し大袈裟に言えば、その凄まじさは、「びっくりさしたろか根性」の権化と呼んでも大過ないような気がする〉

なるほど！　『馬地獄』というタイトルはたしかに斬新だし、思えば『競馬』における執拗なまでの妻に対する愛情も普通じゃない。この二作は、びっくりさしたろか根性の賜物に違いない。

それにしても『馬地獄』とはよく付けたもので、物語の中心を担う荷馬車の馬に明るい未来はなく、それは馬に自分を重ねて見ている主人公も同じである。

〈近くに倉庫の多いせいか、実によく荷馬車が通る。たいていは馬の脚が折れるかと思うくらい、重い荷を積んでいるのだが、傾斜があるゆえ、馬にはこの橋が鬼門なのだ。鞭でたたかれながら弾みをつけて渡り切ろうとしても、中程に来ると、轍が空まわりする。馬はずるずる後退しそうになる。石畳の上に爪立てた蹄のうらがきらりと光って、口の泡が白い。痩せた肩に湯気が立つ。ピシ、ピシと敲かれ、悲鳴をあげ、空を嚙みながら、やっと渡ることができる。それまでの苦労は実に大変だ。彼は見ていて胸が痛む。轍の音がしばらく耳を離れないのだ〉

これが昭和16年12月という太平洋戦争勃発前夜に発表されたことに、私は織田作の強い作為を感じた。

では次に天国のお話を。

自伝的小説『死線を越えて』（大9）でベストセラー作家となった賀川豊彦に『馬の天国』（昭8）という童話がある。

主人公は馬好きな落第坊主の常次。彼は蹄鉄屋の村上のおじさんが大好きで、そこでの奉公中、馬の片足を持ったまま居眠りをし、馬の天国で遊ぶことになる。

〈常次さん、あなたは、どんな動物にでも親切だから、私はそのご恩返しに、今日は一つ、馬の天国へつれて行ってあげますよ、これからさきは、私の背中におのりなさい、もう二つだけ上へのぼると、馬の天国にとどくのです〉

このようにして常次は馬の背に乗り、馬の天国へといざなわれる。なんだか昔話の「浦島太郎」のようだが、単行本の表紙にもそのような姿が描かれている。

馬の言葉まで知る人間

そして天国では御馳走を食べ、馬の言葉まで覚えるのだが、それがまた素敵なので紹介しよう。

お早う＝イヒヒーン

腹が減つた＝イヒヒヒーン

腹がくちくなつた＝イヒヒヒヒーン

遊びにこい＝ヒヒーン

女の馬よ、遊びにこい＝ヒヒヒーン

腹が減ったやら遊びにこいやら、なんとも微笑ましいではないか。

その後、常次は、最初にいざなわれてきた馬によって人間の天国まで案内される。しかしそこは馬と別れなければ入れず、別れがつらかった常次とその馬は、結果、人間の世界へ戻ってくる。そして居眠りから覚めた常次は、馬の天国での経験によって、馬に乗ることでも、馬の言葉を聞き分けることでも、馬の食事のことでも、馬のことならなんでもよく知る〈日本一の馬しり〉になるのであった。

この居眠りという設定は『不思議の国のアリス』のようだが、ちょっと違うのは、『馬の天国』は〈日本の子供たちに限らず、大人が、私の童話を読んでくれると、非常に幸ひだと思つてゐます〉と宣言している点である。これにはキリスト教社会運動家としての賀川の思想が反映されている。

その賀川には『傾ける大地』（昭3）という競馬場が出てくる小説もあるが、賀川にしろ織田作にしろ、馬と人間との関係を文学によって描き出した。しかしながらそれは、天国と地獄、または童話（ロマンティシズム）とリアリズムといった、正反対からのアプローチであり、そこに作家としての資質の違いが、ありありと表れている。

馬の天国と地獄。できれば天国へ行って〝日本一の馬知り〟となり、笑顔で毎週末を過ごしたいものだ。

賀川豊彦（かがわ・とよひこ）
1888（明治21）年7月10日生まれ、兵庫県出身。大正・昭和期のキリスト教社会運動家。代表作にベストセラー『死線を越えて』『空中征服』など。47年、48年と、ノーベル文学賞候補。60年死去。

織田作之助（おだ・さくのすけ）
1913（大正2）年10月26日生まれ、大阪市出身。39年頃より新戯作派（無頼派）の代表作家の一人として活躍。代表作に『夫婦善哉』『青春の逆説』のほか、46年発表の『競馬』がある。47年、結核のため33歳の若さで死去。

22 ケゴン書く舟橋（前編）

昭和30年の日本ダービーには、馬主文士の愛馬である吉川英治のケゴン、吉屋信子のイチモンジが出走した。競馬小説の先駆者・舟橋聖一もこれに大いに喜び、自らの人気連載小説でその顚末を描いている。

――吉川英治、吉屋信子

一昨年（平成27年）、調査で中国は北京へ行ってきた。周囲の人々に「PM2・5で深刻な大気汚染だそうだから気を付けて」と心配されたが、到着すると驚くほどの晴天で、遠くの景色までよく見通せた。

「あれ!? 新聞やニュースで流れているのとまったく違いますね」

「そうでしょう。日本で伝えられていることは事実だけど、真実ではないんだよ」

と、わたしの素朴な疑問に、日中文化交渉史研究で著名な劉建輝先生が答えてくれた。

「事実だけど真実ではないって、どういうことですか?」

「つまり、たしかに大気汚染で空が白く覆われている日は多いと思うよ。これは事実。でも、それは毎日のことではなく、もちろん青空の時もある。これが真実。つまり、ニュースにする場合、最もひどい時の様子を放送して、あたかもそれが日常のように伝えてしまう。一事が万事、そうしたことから誤解が生じるんだよ」

たしかにそうかもしれない。数年前に起こった中国での反日運動の際も、わたしの周囲の中国人はそんなことはまったく気にせず、日本人と仲良くしていた。運動は一部の中国人が起こしたものであり、局地的なものだった。

こうした現象は日中だけのことでなく、日韓の場合も同じだろう。昨今、慰安婦問題でその関係はマイナスのまま停滞しているが、できればなんとか友好関係を取り戻してほしいものだ。そうでないと〝あの馬〟が可哀想だ。

あの馬……。あの馬とは、日本の競馬小説の先駆者として知られる舟橋聖一の愛馬モモタロウのことである。

ケゴンは翌30年の皐月賞を制し、イチモンジはＮＨＫ盃を制した。そして2頭は揃ってダービーに出走する。

昭和30年の皐月賞を制したケゴンと、馬主の吉川英治
（写真提供：JRA）

モモタロウは、昭和28年の中山大障碍をはじめ5回の優勝記録を持っている名馬で、舟橋の最も愛した持ち馬だった。

引退後は北海道門別町（現在の日高町）の谷川孝場長経営の柏洋牧場にいたが、昭和40年に日本軽種馬協会から「日韓親善の一助」としてソウル市の韓国馬事会に贈られた。当時モモタロウ18歳。韓国にはそれまで２００頭以上もの牝馬が同協会から輸出されていたが、種牡馬は初めてだった。長年、モモタロウの面倒を見てきた谷川さんも、「この年齢で外国へやるのは可哀想だが、国際親善に役立つなら……」と別れを惜しんでいた。

その後、モモタロウがどうなったか知る由もないが、きっと言葉もわからぬ外国で、男一匹頑張ったに違いない。その努力が無駄になるかと思うと、どうしても泣けてくるのだ。

ケゴン買う夏子

そのモモタロウが引退した昭和29年、入れ違いのように活躍し始めたのが吉川英治のケゴンと、吉屋信子のイチモンジだった。ケゴンは翌30年の皐月賞を制し（イチモンジ8着）、イチモンジはＮＨＫ盃を制した（ケゴン2着）。そして2頭は揃ってダービーに出走する。

これには同じ馬主文士として舟橋も大いに喜んだ。そしてなんと、そのダービーの顚末を自身の小説に取り込んでしまったのだ。それが『ケゴン買う夏子』で、『小説新潮』8月号に掲載された。

「どうです。明日のダービーへ、行つてみませんか。行くなら、途中で落合つて……たまには、いいでしょう」

と、電話をかけてくれたのは、しばらくぶりの右藤の小父さんだつた。

「でも、パパさん旅行中なの」

「そんなら尚更いいじやありませんか。佐久間さんには、あとで、私からちやんと説明しますから……大丈夫ですよ。私がついてるンだもの。噂では、おくさん、この頃、気を腐らしてるつて云いますぜ。ほんまかいな」

「別に腐つてなンかいないつもりよ」

「どうだか……ハッハッ。私も蔭ながら、奥さんの憂鬱は、わかるような気がする。何ンてつたつて、前のおくさんの一周忌がすんだんだから――」

「憂鬱つたつて、それとは無関係ですよ。きつと、時候のせいでしよう。今年は雨が多いし、カラッとしませんもの」

「だから、競馬へでも行つて、気晴らしをしようつてわけさ」

「そうねえ」

と、生返事だがほんとうは、右藤の小父さんの云う通り、時候のせいばかりでなく、クサクサしていたところだから、気分一転に、ダービーを見るのは、お誂えむきである。

こうして始まる『ケゴン買う夏子』は、芸者夏子の愛人生活を描いた「夏子もの」の46作目にあたる。46作目と聞いて驚くなかれ。それは昭和27年から10年間にわたって書き継がれた全120作のまだまだ中盤に過ぎず、そしてその総体は、世相をリアルタイムで取り入れた新しいタイプの風俗小説だった。

「美香子さん、夏子って美香子さんがモデルなんですか？ 読んでいると多く重なってくるのですが」

「あらいやだ、わかります？ 父もそう言ってました。でも、母やカヨさんのイメージも、まぜこぜになって作られていると思いますわ」

「そうなんですか。私は美香子さんしか知らないので……。それにしても10年とは、ずいぶん長く連載なさいましたね。これほど長いものはほかにありませんよね」

「そうですね。夏子ものが一番長かったかしら。でもね、父は途中で何度もやめたいと新潮社に申し込んでいましたの。ところが読者からの圧倒的な支持があるからやめられては困るとその都度お願いされ、仕方ねえなあって言いながら続けていたんですよ」

　美香子さんは舟橋の一人娘であり、秘書のようにいつも傍にいた人なので、この新潮社とのやりとりの話は信じてよい。そして会話に出てくるカヨさんとは、太平洋戦争を機に舟橋が身請けした新橋の芸者、伊藤カヨのことである。

第22回日本ダービー

　夏子ものは面白い。しかし書店で入手できるのは、12作目までが収録された『芸者小夏』の文庫版のみである。そこには純粋で健気な夏子が、男とのかけ引きで少しずつ小悪魔的様相を帯びてくる、そんな芸者としての危うくも美しい成長が描かれている。

『ケゴン買う夏子』はその続きで、引用した箇所からわかるように、パパとなった佐久間が旅行中でその許しを得てはいないが、ダービー観戦に向かう夏子の一日を描いている。舟橋のうまいところは、冒頭から当日の天候が雨であろうことを匂わせているところだ。

　そして昭和30年5月29日に東京競馬場で行われた第22回の日本ダービーは、実際、雨が降りしきる最悪のコンディションの中で行われた。出走馬は以下の通り。
　①ケンチカラ ②ヨシフサ ③キングアロー ④ミスアスター ⑤サクタカ ⑥スサカホマレ ⑦イチモンジ ⑧ヒデホマレ ⑨ホウシユウホマレ ⑩ナンシーシヤイン ⑪ダイナナカツフジ ⑫ハマミノル ⑬ダイイチヒガシヤマ ⑭カイザン ⑮ナスノモア ⑯ウゲツ ⑰マサハタ ⑱トシタカ ⑲オールマイテイ ⑳ケゴン ㉑オートキツ ㉒ヒシタカ ㉔カミサカエ ㉕オンワード
（取り消し㉓アマクニ）

　吉川のケゴンが1番人気。吉屋のイチモンジは12番人気だった。

吉川英治（よしかわ・えいじ）
1892（明治25）年8月11日生まれ、神奈川県出身。小説家。本名・英次（ひでつぐ）。多くの職を転々としながら文学を志し、1925年に連載開始した『剣難女難』で本格的に作家としてデビュー。翌26年の『鳴門秘帖』で人気作家の仲間入りを果たす。代表作は『宮本武蔵』『三国志』『新書太閤記』『新・平家物語』など多数。62年死去。

23 ケゴン書く舟橋（後編）

——吉川英治、吉屋信子

吉川英治の愛馬ケゴンが注目を集めた昭和30年のダービーは
不良馬場が影響し、伏兵オートキツが制する波乱となった。
その様子を描いた舟橋聖一の『ケゴン買う夏子』は、
夏子を通した彼のダービー観戦記・反省記でもあった。

ダービー当日。

銀色の雨が降りしきる中、夏子は右藤の小父さんに明大前で拾ってもらい、一路、東京競馬場へ向かった。車中では右藤と時壽太夫が〝雨のダービー予想〟を繰り広げるが、森婦人も負けてはいない。

「ケゴンはプリメロだし……母はオーマツカゼだから、母の父は、ダイオライトで、雨は下手ではない筈だが——」

と、大いに通の通なるところを、ひらめかす。

「アマクニが取消して、二十四頭のうち、雨馬を拾うと、どうなります」

「雨の鬼なら、トシタカ、サクタカ、ハマミノル、オートキツなんてところでしようかね」

と、森夫人も隅にはおけない。

「馬場が荒れてくるとウゲツが面白いが、然しこれで、オートキツつて馬は、バカに出来ませんよ。父馬は、マンノワーの血を引く月友だし、母馬はトキツカゼ——そら、マツミドリに首で負けた。牝馬としては、強い馬だつた……」

と、時壽さんは、大分、オートキツに気があるようだ。

雨が招いた波乱の結末

時壽が注意をうながすこのオートキツこそ、第22回のダービーを制した〈雨の鬼〉である。結局、時壽は最後の最後でヨシフサに曲がってしまうが、現実の世界においてはダービー前日まで、いや、馬場不良とわかった当日においても、このオートキツに注意を払った者はほとんどいなかった。

オートキツの馬主であり、中山馬主協会の会長を務めていた川口鷲太郎も、〈二十八年はトキツ、昨年はトキツオロシ、そして今年のオートキツと、毎年持馬をダービーに出走させて必勝を祈つていたが、今年のオートキツの場合は、どの新聞を見ても、私の馬にしるしがない〉と、のちのインタビューで語っている。

当時の新聞雑誌はこぞって皐月賞馬ケゴン推しで、そこから流すのが本筋だった。しかし、その人気に応えるべく、逃げるオートキツを玉砕的に追ったがため、最後にカミサカエにも差されてしまい涙の3着。雨がケゴンの運命を大きく変えてしまったのだ。それはイチモンジも同じで、〈敗因といえば、ただ不良馬場で動けなかつたということにつきます〉と、騎手の高橋英夫も14着という結果に無念を隠せなかった。

では小説に戻って、東京競馬場へ着いた夏子たちが一等館のスタンドに陣取り、馬券を買いに行くシ

『ケゴン買う夏子』（『小説新潮』昭和30年８月号／舟橋聖一 著）と「夏子像」（『小説新潮』昭和31年１月号／伊東深水 画）

『ケゴン買う夏子』は、芸者夏子の人生と競馬のロマンを絶妙に交差させながら描き出した、舟橋の新たな競馬小説だったのである。

ーンから見てみよう。

ダービーの馬券は、昨日から場内場外で売ってい る。早く買わないと、雑閙のために買い損う懼れが あると云うので、夏子は、やはり本命のケゴンを買 うことにした。予備知識のない夏子とすれば、予想 新聞に二重丸の沢山ついている馬が、強い馬と思わ ざるを得ない。敢えて、その世論に異を樹てて、他 馬をさがし出す自信はなかった。

「穴場はどこなの、小父さん――連れてって……」

「きまったのかね」

「うん。ケゴン……それから、ケゴン・イチモンジ で、5―2、2―5と返してはどお」

「先ず、そのへんが順当だろう」

「時壽さんは、オートキッツって云ってたけれど ……」

「いや、彼も、あゝ云って、実はウゲツかケゴンを 買ってるンだ」

森夫人が傍で、

「イチモンジは、小説家の吉屋さんの馬ですよ」

「そうね、だから、吉川―吉屋、吉屋―吉川と買っ てみるの」

5枠⑳のケゴンと、2枠⑦のイチモンジ。夏子は それを〈吉川―吉屋〉と呼んでいるが、人気絶頂の 夏子に馬券を買ってもらえるなんて、現実世界の二 人も、小説を読んで、さぞかし喜んだことだろう。

こうした世相をリアルタイムで小説に取り込む手 法は舟橋の十八番で、たとえば、マリリン・モンロ ーが死去した翌年に『モンローのような女』(昭37) を連載している。

世相を取り込む舟橋の十八番

「美香子さん、舟橋さんは読者が喜ぶであろう風俗 を取り込むのがうまいですね」

「父は、3分の1だけ小説に本当のことを書くと、 話が生き生きと現実味を帯びてくるんだと話してお りました」

「そうなんですか! では美香子さんたちをモデル にしたのも、やはり夏子にリアリティーを持たせる ためだったんですね」

「本当に困っちゃいますわ。わたしに似た人物が出 てくると、友人に、あれはあなたでしょうって聞か れる始末で、恥ずかしいのなんのって……」

顔を赤らめながら美香子さんは話していたが、舟 橋が娘をモデルに用いたのは、リアリティーの獲得だけが目的ではなく、父親としての愛情表現だったと思われる。

　そして、いよいよ待望の日本ダービーの幕が切って落とされた。現実世界では、吉屋と舟橋、そして舟橋の妻百子が来賓席に並んで座っている。しかし吉川の姿はない。どこかで祈りながら観ているのだろう。ここからは、小説を織り交ぜながらのレース観戦と洒落込んでみたい。

〈午後四時四分。

　発馬のネットが、サッと上がつた。

　ワク順不利をカバーしようとして、外ワクの馬が一気に追上げ、夏子たちのいるスタンド前を通過するときは、外ワクの各馬は、第一コーナー目がけて、内側へなだれこむと見えた〉

　第2コーナーから俄然、外へ回った㉑オートキツが㉔カミサカエをかわして先頭に立つ。しかし第3コーナーから第4コーナーにかかると、人気の⑳ケゴンが猛烈に肉薄する。

〈「ケゴンだ

　ケゴンだ」

　という声が、観衆の中から、しきりにおこつた。

　各馬、直線コースにはいる。夏子も背のびした。みな、前のめりになる体勢だ。

　あと三ハロン——まだ、21番が逃げている。

　観衆の予想は、直線の坂までゝ、オートキツがばて、そこでケゴンが鮮かにぬけ出すか、NHK盃のときのように、イチモンジの強襲が成るかと、固唾を呑んだが、オートキツの脚勢は、予想を裏切つて、いささかも衰えない。

「おい、おい——おい、おい。こりやアいかんわい。オートキツが逃げ切りや」

　と、小父さんが云つたときは、すでにゴール前、一ハロン。

　誰の目にも既に、勝負あつたと思わせた。オートキツは、悠々と八馬身の差をつけて、ゴール寸前、百メートル、五十メートル、十メートルと、追つてくる。まるで、虚空を飛ぶように……〉

　こうしてケゴンもイチモンジも負けてしまい、馬券も外してしまったわけだが、小説的にはむしろそこが面白かった。なぜなら、それが夏子を通した舟橋のダービー観戦記であり、また反省記にもなっていたからだ。

　言い換えれば『ケゴン買う夏子』は、芸者夏子の人生と競馬のロマンを絶妙に交差させながら描き出した、舟橋の新たな競馬小説だったのである。

コラム ラングトンとその時代

ラングトンは現在の天皇賞のルーツの一つ「優勝内国産馬連合競走」の栄えある第1回目の優勝馬だ。レースは明治44年11月11日に目黒で開催された。驚くべきはその賞金で、1着3000円、2着1500円、3着500円という、日本における競馬の最高額だった。当時の一般的な競走馬の値段が400円程度なので破格中の破格だったことがわかる。馬主は陸軍騎兵少佐で近衛騎兵聯隊所属の箕田定吉。天皇や皇族の行進を護衛する供奉騎兵として活躍していた人物である。

その時代、軍人が馬主になることは珍しくなく、日本競馬の父・安田伊左衛門も政治家であり軍人だった。彼の階級は陸軍騎兵大尉で、愛馬スイテンは明治42年の日露大競馬会で日本調教馬として初めて勝利し、歴史に名を残している。

日露戦争後、騎兵が戦術面でとくに重要視されるようになると、陸軍騎兵学校において馬術教育が盛んになる。ここは日本で唯一の馬術学校だったことから、オリンピック選手も多く輩出した。軍人と馬との関係がより近しくなったわけだが、軍人が馬主になった理由の底には、競馬愛に「戦争」という二字が張り付いていた。

箕田定吉と愛馬ラングトン（国際日本文化研究センター所蔵）

第2章

競馬場の地図絵巻

1 鳥瞰図と馬産地

青森　八戸競馬場〈佐藤春夫〉

大正から昭和期に活躍した鳥瞰図絵師・吉田初三郎は、青森県八戸の種差海岸にアトリエ兼別荘を持っていた。もちろん彼は八戸市の鳥瞰図も繰り返し描いており、そこにかつて存在した八戸競馬場の姿が見られるのだ。

吉田初三郎（よしだ・はつさぶろう）1884（明治17）年3月4日生まれ。京都市出身。鳥瞰図絵師。交通の発達にともない広がったツーリズムの流行を、日本の本土のみならず戦前の外地の都市や観光名所までも独特のデフォルメを用いて鳥瞰図に織り込むことで牽引し、現代に通じる商業美術の草分けとなった。55年8月16日死去。

一路、青森へ…

【吉田初三郎鳥瞰図展】

大正から昭和にかけて活躍した吉田初三郎は、鳥瞰図の技法を採り入れた観光パノラマ絵図で一世を風靡しました。当館が平成23年度に購入した吉田初三郎の鳥瞰図・絵はがき、および金子常光の鳥瞰図など、あわせて300点を展示します。

青森県立郷土館

ネットのミュージアム情報でこの企画展を知ったわたしは一路青森へ向かった。ねぶた祭りの最中ということもあり、伊丹空港からの飛行機は満員御礼だった。いつもならゆったり読書付きのフライトを楽しむのだが、その日はいわゆる大阪のおばちゃんが隣席で、到着するまで話し相手にされてしまった。


「その本の絵なんなん？」

「吉田初三郎って絵師の鳥瞰図です」

「ふ～ん、鳥瞰図ってなんなん？」

「飛ぶ鳥の目から見たように、上空から景色をとらえた絵のことです」

「そうなんや。奇麗やなあ。で、その人、なんでそんな絵書いたん？」

「えっとぉ……」


関西に移り住んでだいぶ慣れたつもりでいたが、この質問攻めには参ってしまった。

おばちゃんからの質問の答えともなるが、初三郎が鳥瞰図を描くようになった最初は、師の鹿子木猛郎から、自身が希望する洋画家ではなく広告とか案内とか直接国民の芸術眼に訴える商業美術家の道を勧められたことによる。それは初三郎の資質と苦しい家庭事情を踏まえた鹿子木最大の愛情で、そしてそれが当たった。

大正2年、京阪電鉄より依頼された「京阪電車御案内」が、皇太子時代の昭和天皇から「これは奇麗で解り易い、東京に持ち帰って学友に頒ちたい」と褒められたのだ。以後、初三郎はそのデフォルメや色使いから「大正の広重」と新聞等で紹介されるようになり、確固たる地位を築くことになる。

青森空港に着くと市内行きの直通バスが待機していた。が、すでに満席だったのでタクシーに乗ることにした。それが幸いし、青森県立美術館で開催中の「種差―よみがえれ浜の記憶」展の割引チケットを運転手からもらうことができた。これもまた初三郎が関連した企画だった。今夏（平成25年）は平成23年3月に起きた東日本大震災の復興支援としてさまざまな催しがあるので、ぜひとも宣伝してほしいとお願いされた。

種差海岸は八戸市の最東部に位置し、そこに潮観荘なるアトリエを持っていた初三郎は、その一帯を朝鮮随一の名勝金剛山に擬し、「陸奥金剛」と名づけて愛した。彼は生涯1600枚を超える鳥瞰図を制作したと言われているが、その多くが折りたたみ式の観光パンフレットに落とし込まれている。『別冊太陽 吉田初三郎のパノラマ地図』（平14）によると青森ものは14枚あり、郷土館内でそのほとんどを見ることができた。

1　日本八景十和田湖名所図絵（昭和5年）
2　青森（昭和7年）
3　ひろさき（昭和8年）
4　国立公園十和田湖（昭和8年）
5　八戸市（昭和8年）
6　八戸市鮫浦石田家（昭和8年）
7　馬のみやこ七戸町（昭和9年）
8　ひろさき（昭和10年ごろ）
9　八戸市（昭和12年）
10　青森市鳥瞰図（昭和23年、2の改訂版）
11　八戸市（昭和25年）
12　八戸市（昭和29年）
13　黒石市（昭和29年）
14　県立公園大鰐温泉郷（昭和30年）

今はなき八戸競馬場の雄姿が

ここからわかるように、初三郎は八戸市の鳥瞰図を繰返し制作している。そしてそこには、今はもう見ることのできない「八戸競馬場」の雄姿が描き込

八戸市鳥瞰図（吉田初三郎 作／国際日本文化研究センター所蔵）

まれていた。それは明治43年に地元の有力馬産者だった近藤元太郎が私財を用いて設けたものではなく、昭和2年に組織された八戸競馬倶楽部によって新設されたもので、櫛引八幡宮の隣、馬淵川ほとりにあった。またタイトルに「馬のみやこ七戸町」を持つ七戸町には、奥羽種馬牧場を筆頭に盛田牧場・濱中牧場・東北牧場・須藤牧場が描き込まれ、裏面にはその解説までついていた。ダービーの勝ち馬として知られるヒカルメイジとフエアーウインはその中の盛田牧場と濱中牧場の生産馬で、七戸町にある道の駅にはその二頭の銅像が建っている。七戸や八戸の「戸」には牧場という意味があり、その昔は馬を年貢として収めていた馬産地ならではの演出だ。

さて、最終目的地となる種差海岸は天然芝が緩やかに敷き詰められた雄大なところで、海辺から突き出た岩々とのコントラストが面白い。

〈「あれが画家のY・Hさんの別荘です。いいえ、ご主人は京都で画を描いてゐられるとかで奥さんが、どなたかとお住みのやうです。」Y・Hさんといふのは各地の観光地などに絵巻と地図との中間のやうな独特の観光案内図をよく描いてゐるので自分も名前だけは知つてゐる人であつた。いろんな観光地を

初三郎は八戸市の鳥瞰図を繰返し制作している。そしてそこには「八戸競馬場」が描き込まれている。

鳥瞰図右、馬瀬川沿いの櫛引八幡宮のそばに、八戸競馬場がある

知つたうへでここに一屋をかまへたのはさすがにその道の人らしいと感心した〉

潮観荘は天然芝も見渡せる少し高いところにあったが、昭和28年の火事で全焼してしまった。現在は跡地にコンクリートの礎石が寂しげに残されているばかりだが、文豪佐藤春夫が小品『美しい海べ』（昭29）に、在りし日の姿をわずかではあるが書き残していた。

2 馬嘶く赤城山

吉田初三郎が昭和11年に描いた「群馬県鳥瞰図」に、
平成16年に惜しまれつつ廃止された高崎競馬場の姿がある。
細やかかつデフォルメされた初三郎の作品から、
街の様子のみならず歴史的背景までも喚起させられる。

群馬 高崎競馬場〈志賀直哉〉

志賀直哉にも縁、赤城山に放牧地

小説の神様と呼ばれた志賀直哉に『馬と木賊《とくさ》』（昭16）という、馬にまつわる二つの連想から成る随筆がある。

連想の一つ目は〈「馬」という活動写真は面白かつた〉から始まり、その中の母馬が売られた子馬を気狂いのように嘶きながら探し回るシーンを見て、〈昔、赤城の山の上で、はぐれた馬の親子が互に呼び合つてゐるのを見た時の事〉を思い出す。

二つ目は〈我孫子に住んでゐた頃、人に誘はれ、厩橋の梅若の能を見に行つた時、六郎の「木賊刈」〉を見て、不意に赤城山の馬の親子を思い出す。「木賊刈」は人さらいに連れて行かれた子供に思いがけず再会できた老翁の話で、つまりは活動写からも能からも、同じ「赤城山の馬の親子」を思い起こすわけだ。

その赤城山は志賀が大正4年ごろ住んでいたところで、随筆の一節に〈赤城の上には黒檜といふ山と地蔵といふ木のない円い山とが湖水を挟んで聳《そび》えているが、その地蔵嶽の裾は広い草原になつてゐて、放牧の馬や牛が沢山遊んでゐる〉とある。また同じく赤城山での生活を描いた「焚木」（大9）にも〈牛や馬には此家は御馳走だからね〉というセリフがあるが、これはその住まいが板と板との間にムシロを入れてこしらえただけの掘立小屋だったためで、周囲に柵を作らないと食べられてしまうという楽しい冗談である。

どうやら赤城山は放牧地だったようだ。現在もそうなのかどうかはわからないが、とにかく当時のことが気になったので、手元にあった吉田初三郎の鳥瞰図「前橋市」（昭9）を開いた。すると、赤城山の中腹に「放牧場」と記されているではないか。彼の鳥瞰図に文字があるのはその地域の特徴を示すためで、やはり赤城山は放牧で知られたところだったことになる。

　ここで、初三郎についてもう少し触れておこう。彼は江戸の浮世絵師・歌川広重を褒めたたえ、世間から「大正の広重」と呼ばれることに、この上ない喜びを感じていた。しかし広重と違うのは、商業絵師としてのプライドから、自らがその地を実際に歩いて描いた点である。そのため彼の鳥瞰図には、細やかな情報が見事に織り込まれている。一般の地図に放牧場と記されることなど、まずないだろう。

「これはほかの群馬ものも見る必要があるぞ」と、わたしは職場の図書館に急行した。

高崎駅近くにしっかり「その姿」が

　国際日本文化研究センターの図書館には、「関東御聖跡案内」（大14）や「伊香保御案内」（昭1）など、デザインも色使いも美しい群馬ものが複数あったが、とりわけ「群馬県鳥瞰図」（昭11）に興奮した。名高る山々がそびえ立つ鳥瞰図を、右から桐生市、前橋市、高崎市へと見ていったところ、高崎駅近くに「高崎競馬場」を発見したからだ。ダートの中の緑色が桜並木のピンクに囲まれ楽しげだ。

　高崎競馬場は今でこそ場外発売所だが、大正13年の開設から平成16年の廃止まで、北関東を代表する競馬場だった。わたしは思わず情報課のSさんをつかまえ、「見てください、この緑色の円いやつです。これ、今はもう廃止された高崎競馬場なんです」と、うんちくを傾けてしまった。Sさんは熱心な初三郎ファンで、わたしのこうしたマニアックな話を聞いてくれる数少ない理解者である。

「初三郎の鳥瞰図ってモネとか印象派の影響を受けていると思うんです。この色使いやタッチなんてそうとしか思えません。そして富士山を中心に東西南北をくるくる回転させながら描くなんて天才的です」

「なるほど、そんな見方もあるんですね。たしかに初三郎は富士山に重きを置いていて、日本でも外地でもどこかに富士山を描き込んでいます。わたしが見たところ70㌫以上です」

「すごいですね。富士山があればすぐに日本だとわかりますし、その富士山の描き方も一つ一つ違っていて、見とれてしまいます。そんな富士山を描ける初三郎は、めちゃくちゃ男前だったと思うんです」

群馬県鳥瞰図（吉田初三郎 作／国際日本文化研究センター所蔵）

初三郎が男前だったかどうかはともかく、彼のデフォルメされた鳥瞰図に「競馬的価値」があるのはたしかだ。戦前に廃止された競馬場のあり方を、当時の文脈において考えることもできる。たとえば高崎競馬場の場合、なぜそこに開設したのかという問題があるが、近くに「高崎歩兵第15連隊」と記されており、東京と高崎の位置関係が桐生や前橋よりも有意だったことが、デフォルメされたそれから一目でわかる。結果、軍馬育成との関連が浮かび上がってくるという流れだ。こうしたことは地方史をひもとけばわかることかもしれないが、それを考えるきっかけになる。

デフォルメといえば、志賀の『馬と木賊』における連想も、それに近いことを行っている。〈「馬」という活動写真は面白かつた〉という書き出しがそうで、以後説明も乏しく、それが高峰秀子主演の東宝映画『馬』（昭16）であると気づく人も、今では少ないはずだ。

映画は馬産地岩手を舞台に、南部曲り家で育てた子馬との離別が主要テーマとなっていた。しかし彼にとってそうした映画の内容は二の次で、大切なのは馬の親子が再会できた際の「感情」なのだ。だか

「見てください、この緑色の円いやつです。
これ、今はもう廃止された高崎競馬場なんです」

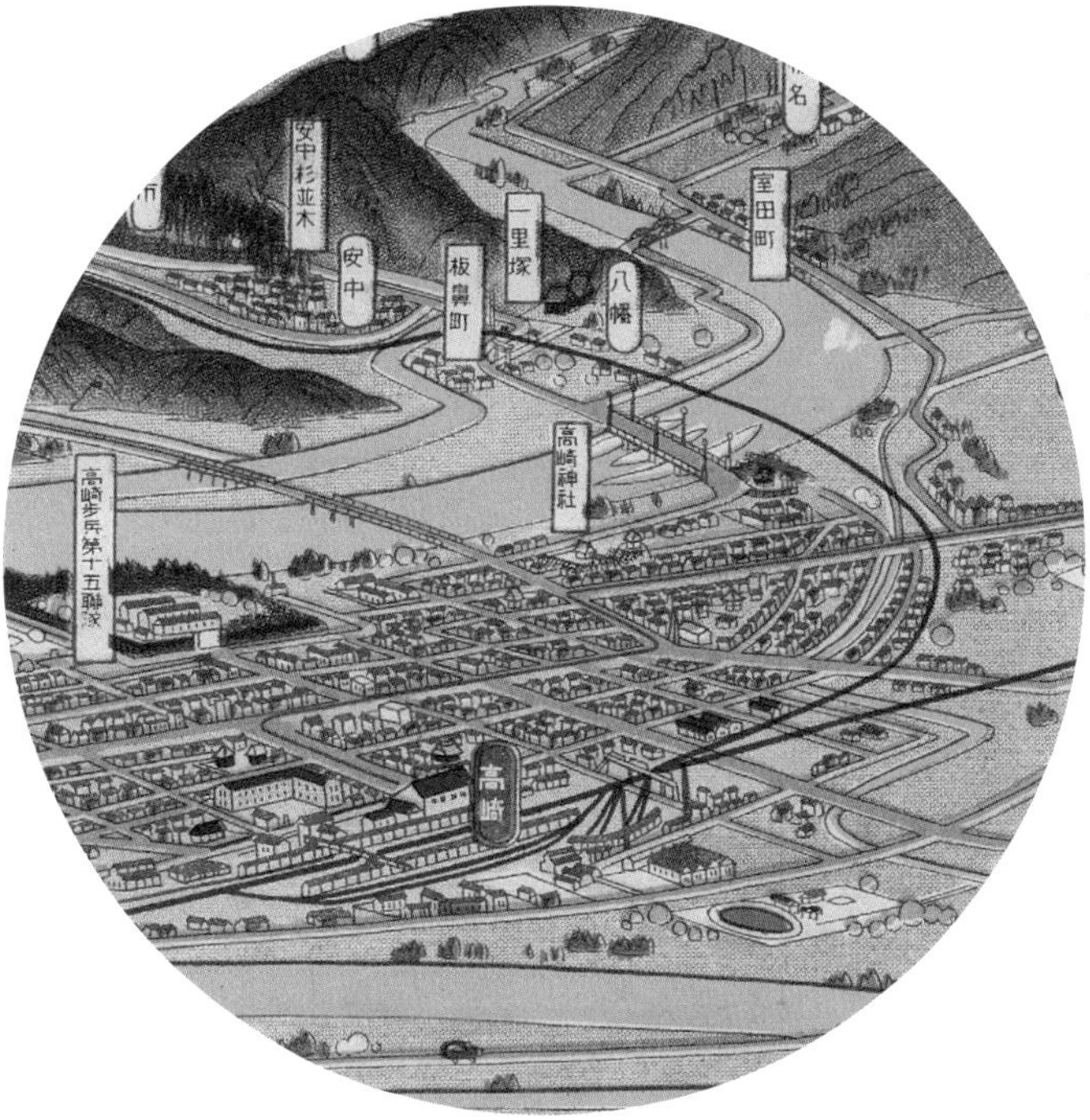

鳥瞰図左下、高崎駅のそばに競馬場が確認できる

らデフォルメして自分の思い通りの話を紡ぎ出す。対象を変形・歪曲させるからこそ、わかりやすく伝わることもあるのだ。初三郎も志賀も、その点において他の追随を許さなかった特異な作家だったといえよう。

3

北朝鮮の競馬場

五木寛之は幼少期を日本統治下の朝鮮で過ごしており、
彼はエッセーの中で平壌競馬場を描写している。
今となっては容易に立ち入れる土地ではないが、
初三郎の鳥瞰図にしっかりとその姿が残っている。

北朝鮮　平壌競馬場〈五木寛之〉

日本での仕事を終え、中国東北部の長春に着いたときは夜の10時をまわっており、集安までは車をとばしても5時間以上かかるとのことだった。翌日の調査に間に合わせるため、わたしは夕食もとらずに用意された車に乗りこんだ。

　暗闇に次ぐ暗闇で、どこをどう走っているかわからなかったが、「大丈夫ですよ、うちで一番の運転手をつけましたから」という東北師範大学の韓東育先生の言葉を信じた。けれども生きた心地がしなかった。中国体験のある人ならわかると思うが、あちらの「とばす」はジェットコースター並みで、カーブごとの遠心力が強烈なのだ。

　目指す集安は好太王碑のある国境の街で、〈百残・新羅は旧より是れ属民にして、由来、朝貢す。而るに倭、以て辛卯の年来、海を渡りて百残を破り、新羅を□□し、以て臣民と為す〉と記された碑文が日本史の教科書に載っている。好太王は高句麗19代目の王で、朝鮮半島全域にその勢力を広げようとし、4世紀後半に倭国とも戦った。その戦いが、高句麗騎馬軍団や戦乱を逃れた渡来人との出会いを引き起こし、日本に乗馬の風習をもたらした。古墳に馬具が副葬されるようになったのは、それ以後のことだ。

「到了《ダオラ》！（着いたよ）」

　運転手さんの声で目が覚めた。疲れからか、ずぶとさからか、いつの間にか寝てしまっていた。

　ホテルに入ってひと息ついたらすぐ朝食で、そこで中国や台湾の先生たちと合流できた。遼寧大学の王鉄軍先生が「鴨緑江の向こうに北朝鮮が見えますよ」と誘ってくれたので、食後の散歩ついでに出かけることにした。

「あ、王先生、トラックが走ってますよ。遠くに見えるのは農民かな。見渡す限りトウモロコシ畑なのが面白いですね」

「それは脱北防止のためですよ。高台から一目でわかりますからね、どこかに見張りがいるはずです。それにしても石川さんは北朝鮮に興味津々ですね。行ってみたいなら協力しますよ」

「行けるんですか。行けるものなら、ぜひともお願いしたいです。平壌にある競馬場を自分の目で確かめたいんです」

「そうですか。では手配しましょう。ただし、すんなり帰してくれる保証はありませんよ」

「え、どういうことですか？」

「だって帰りは向こうの気分次第ですから。あははは！」

五木寛之のエッセーに描写が

〝片道切符〟ではあきらめざるを得なかったが、平壌競馬場については、五木寛之が連載エッセー「風に吹かれて」（昭42〜43）の中で〈平壌の競馬場は、それほど大きなものではなかった。それだけに、観客の数も少なく、空気はきれいで平和ないい遊び場だった。向こう正面のアカシアの花の下を、原色の騎手の帽子がチラチラ見え隠れに走る風情は、抒情的な風景でさえあった〉と書いている。

五木は生後まもなく両親に従って日本統治下の朝鮮に渡り、少年期においては父に連れられ競馬場へ行っていた。父は教員を養成する先生だったため、競馬場への出入りをかなり後ろめたく思っていたらしく、「他人に競馬に行ったなどと言うんじゃないぞ」と念を押したという。エッセーは〈敗戦後、引き揚げて来て競馬場へ行くようになったのは、しばらく千葉県の中山に住んでいたためだ〉と続くが、彼の中山住みはもちろん確信犯であり、その馬好きは平壌時代の影響にほかならない。

日本統治下の大正13年に開設

ここで吉田初三郎の鳥瞰図を見てみよう。

朝鮮関係の鳥瞰図は、そのほとんどが京城（現在のソウル）で朝鮮博覧会が開催された昭和4年に作られており、平壌競馬場は「平壌」（昭4）と「平安南道」（年号なし）の2枚に描かれている。ただしこの2枚は、表紙が異なるだけで図はまったく同じもの。初三郎ものにはこのパターンが複数あり、研究者やコレクターにとっては嬉しいやら大変やらといった具合だ。それに加えて未発見のものも多数ある。

平壌を中心とせる平安南道鳥瞰図（吉田初三郎 作／国際日本文化研究センター所蔵）

初三郎に詳しい古書店主のHさんに聞いたところ、「初三郎ものが1600枚？ いやいや3000枚は超えると思うよ」と、わたしが以前エッセーで書いたことをあっさりと否定されてしまった。実は青森を描いた鳥瞰図も新たに2枚見つかった次第。そのうちの「三本木町」（昭25）がレアもので、Hさんにその話をしたところ、「どこで見つけたの？ もう出てこないだろうから絶対に手放しちゃダメだよ」と驚かれた。

そんな貴重な「三本木町」を書棚に飾り、「平壌」の鳥瞰図を机上に眺めれば、左手に平壌市街が整然と並び、右手に風光明媚な牡丹峰がある。牡丹峰は朝鮮八景の一つだが、文禄の役における秀吉軍の占領時、明軍との攻防で楼閣が破壊されてしまった歴史を持っている。そしてその牡丹峰と大同江を挟んだ対岸に、お目当ての平壌競馬場が描かれていた。

「お〜、これが北朝鮮の競馬場かあ」

だが、これもまた日本統治下の大正13年に開設されたものなのだ。それを経験として知っている五木は、幼少年期の美しい記憶を単純に語ることができない。それが彼のエッセーの底味となり、読者を魅了することになる。

〈1945年の夏、中学1年生だった私は、当時、

平壌市街、牡丹峰と大同江を挟んだ対岸に、お目当ての平壌競馬場が描かれていた。

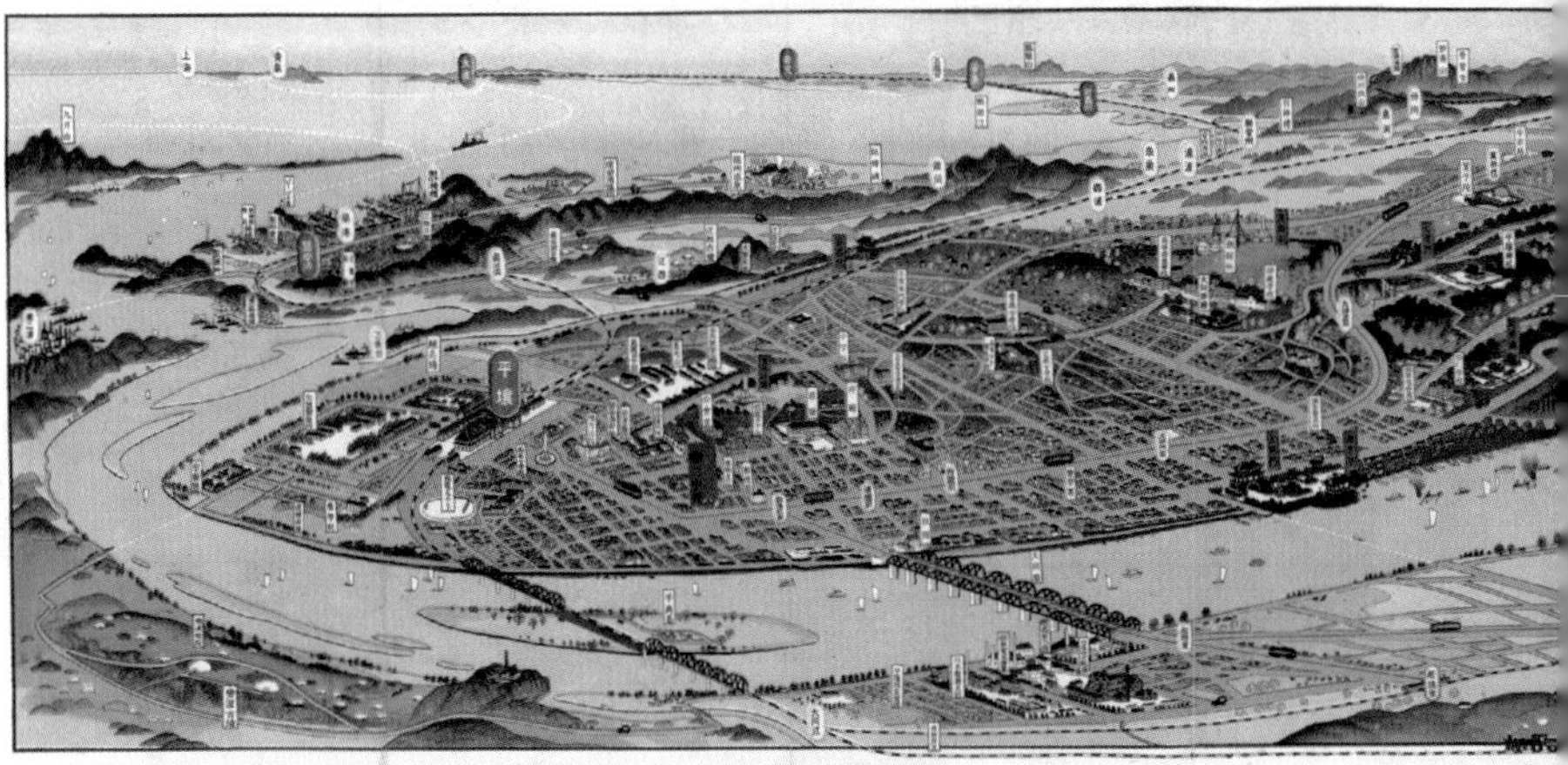

鳥瞰図の中央下部、大同江のほとりに平壌競馬場がある

平壌とよばれていた街にいた。現在の北朝鮮の首都、ピョンヤンである。平壌は美しい街だった。大同江という大きな川が流れ、牡丹峰という緑の台地がそびえている。古代の楽浪郡の遺跡には、瓦の破片や土器などが転がっており、ポプラ並木を涼しい風がわたった。美しい街だった、などというのは、私たち日本人の目から見た傲慢な感傷にすぎない。私たちは、植民地支配者の一員として、その街に住んでいたのだから〉（『人間の覚悟』平20）

4 白鷺と馬のコラボレーション

近代を代表する作家・翻訳家の一人である阿部知二は、9歳から旧制中学卒業までを兵庫県姫路で過ごしている。今も同地にその姿を残す姫路競馬場は昭和24年に開設されたが、直後の昭和25年に描かれた初三郎の鳥瞰図にもその姿がある。

辻馬車がこれだけ登場する作品はほかにないだろう。コナン・ドイルの推理小説『シャーロック・ホームズ』のことである。

時は19世紀ロンドン。名探偵シャーロック・ホームズと元従軍軍医ジョン・H・ワトスンは、ベイカー街221Bにあるアパートで共同生活を送っていた。〈このときたしかに馬の蹄のかたい音響と、車輪が歩道の縁石にあたって軋る音とが聞こえ、つづいてベルがつよく鳴った。ホームズは口笛を鳴らした。「あの音だと、二頭立てだね」彼はいう。「ああ、やっぱりそうだよ」彼は窓から外を見ながら、ことばをつづけた。「小型のりっぱな二頭立ての四輪馬車で、馬もなかなかいい。一頭百五十ギニーはするな。ワトスン、今度の事件はおもしろくなくても、金額の面だけは大きそうだ」〉(『ボヘミアの醜聞』)

兵庫 姫路競馬場〈阿部知二〉

英国馬文化についての描写が多数の『シャーロック・ホームズ』を翻訳

ホームズの活躍ぶりを、ワトスンが事件簿として書きつづる。『シャーロック・ホームズ』はそんな形式を持った、辻馬車が重要な役割を担っている冒険譚で、事件が起これば急ぎそれに飛び乗り、時には雇った御者が〈ようがす、だんな。あっしにまかせてくんなすったら、たちどころに、そいつを見つけてみせまさあ〉と手助けをする。もちろん依頼者が辻馬車に乗ってくることもあるし、死体を始末するのに使われたりもする。つまりはイギリスの馬文化を、ハラハラドキドキしながら学ぶことができるテキストでもあるのだ。

わたしがそれを最初に読んだのは、大学で近代文学を教えていた叔父が、スティーヴンソンの『宝島』やマーク・トウェインの『トムソーヤの冒険』と一緒に送ってくれたときなので、小学5年生のころだったと思う。最近必要があって調べたところ、それらはみな阿部知二訳だった。

阿部知二は、戦前には『冬の宿』（昭11）で文学界賞をとり、戦後には『旧約聖書物語（翻訳）』（昭46）でサンケイ児童出版文化賞をとった、近代を代表する作家である。わたしが研究対象としている馬主文人の舟橋聖一とは東京帝大時代からの知己で、その関係から「石川さん、阿部知二研究会・第23回阿部知二忌で講演をお願いできませんか」と、阿部知二研究会会長である竹松良明先生から依頼を受けた。最近必要があって調べたのは、その講演に関係していたからだ。

講演は阿部の翻訳に関するもので、それ自体が彼の戦争協力に対する罪滅ぼしであり、翻訳文学によって世界と日本とをつなごうとする平和活動だった、というものだ。『白鯨』の訳業完成をはじめ『嵐ヶ丘』『ジェイン・エア』『偉大なる道』『エマ』など、その分量は恐るべきもので、『シャーロック・ホームズ』もその中の一つだった。戦後における彼の力点は創作ではなくて翻訳にあったことを理解し、評価してあげたい。

話は少し前後するが、その講演は平成29年4月、兵庫県姫路市の姫路文学館で行われた。

阿部は岡山県美作市の出身だが、中学教師だった父の赴任にともない9歳から姫路に移り住み、旧制姫路中学（現在の姫路西高校）を卒業するまでそこで過ごした。そうしたことから姫路が研究会の本拠地となっている。また文学館は日本を代表する建築家・安藤忠雄が設計したもので、大きな窓の先に姫路城が遠望できる。

「先生、駅の広告に白壁が美しいことから白鷺城とも呼ばれていると書かれてましたが、シラサギ城で正しいんですか？」

「まあ、そう読む人が多いですが、本来はハクロ城です。白鷺小学校もハクロ小学校ですしね」

「そうなんですか、シラサギだと思っていました。そういえば、ここに来る前に姫路競馬場を巡ってきましたよ」

「あれ、でも今はやってないんじゃなかったかな」

「そうなんです、ウインズだけなんです。みんな姫路開催を待ち望んでるんですけどね。係員さんがいたので聞いたところ、平成31年に復活予定らしいんですよ。スタンドの工事もあるので、少し延びてしまうかもしれないようですが」

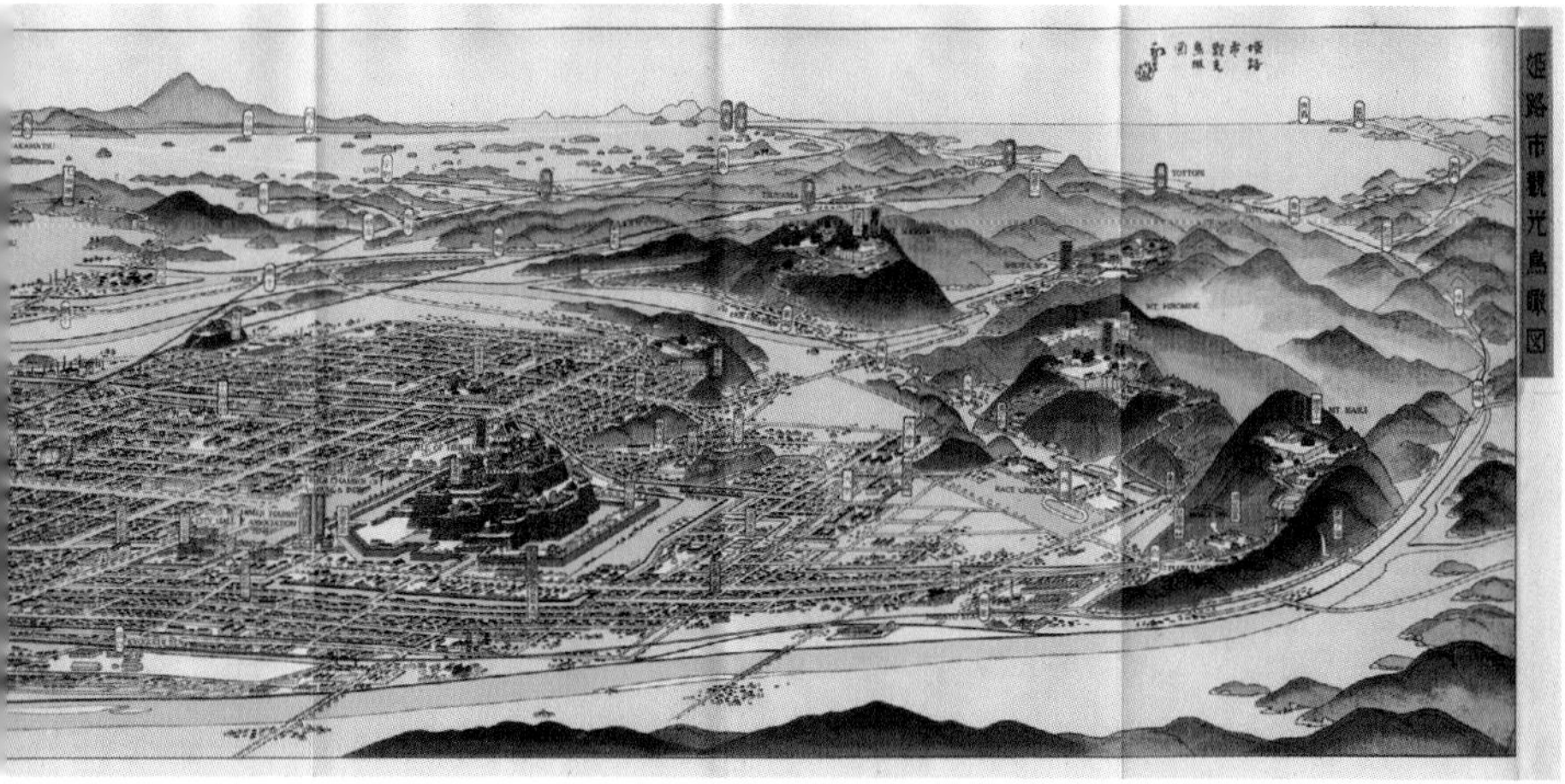

姫路市観光鳥瞰図（吉田初三郎 作／国際日本文化研究センター所蔵）

「へえー、それは姫路がまた一段とにぎやかになっていいですね。城壁の大工事が終わって観光客も増えたし。それにしてもあれ、少し白くなりすぎたんじゃないかな……」

たしかにちょっと白いが、姫路城のおかげで観光客が増え、それが姫路競馬開催の後押しになっていたとしたら、心から愛せると思った。それにしても本当に美しい城である。

昭和24年開設、現存する競馬場

このエッセーに吉田初三郎の鳥瞰図を取り上げた理由の一つとして、今年（平成29年）が酉《とり》年だったことが挙げられる。第二章の一つ目のタイトル「鳥瞰図と馬産地」もそれを意識したものだった。しかし妖怪研究で著名な小松和彦先生に見せたところ、「なるほど、そういう狙いだったのか。でも誰もわからないと思うし、それに酉ってニワトリのことだから鳥瞰できないよ。飛べないんだから」と笑われてしまった。ショックだった。酉年の鳥なんて考えもしなかったし、白鷺と馬のコラボストーリーまで考えていたからだ。自分の一般常識の欠如具合が情けなかったが、初三郎の鳥瞰図を開いたら、そんなショックもすぐに吹き飛んだ。

姫路競馬場はお城近くに〈RACE GROUND〉と英語表記つきで腰を据えていた。

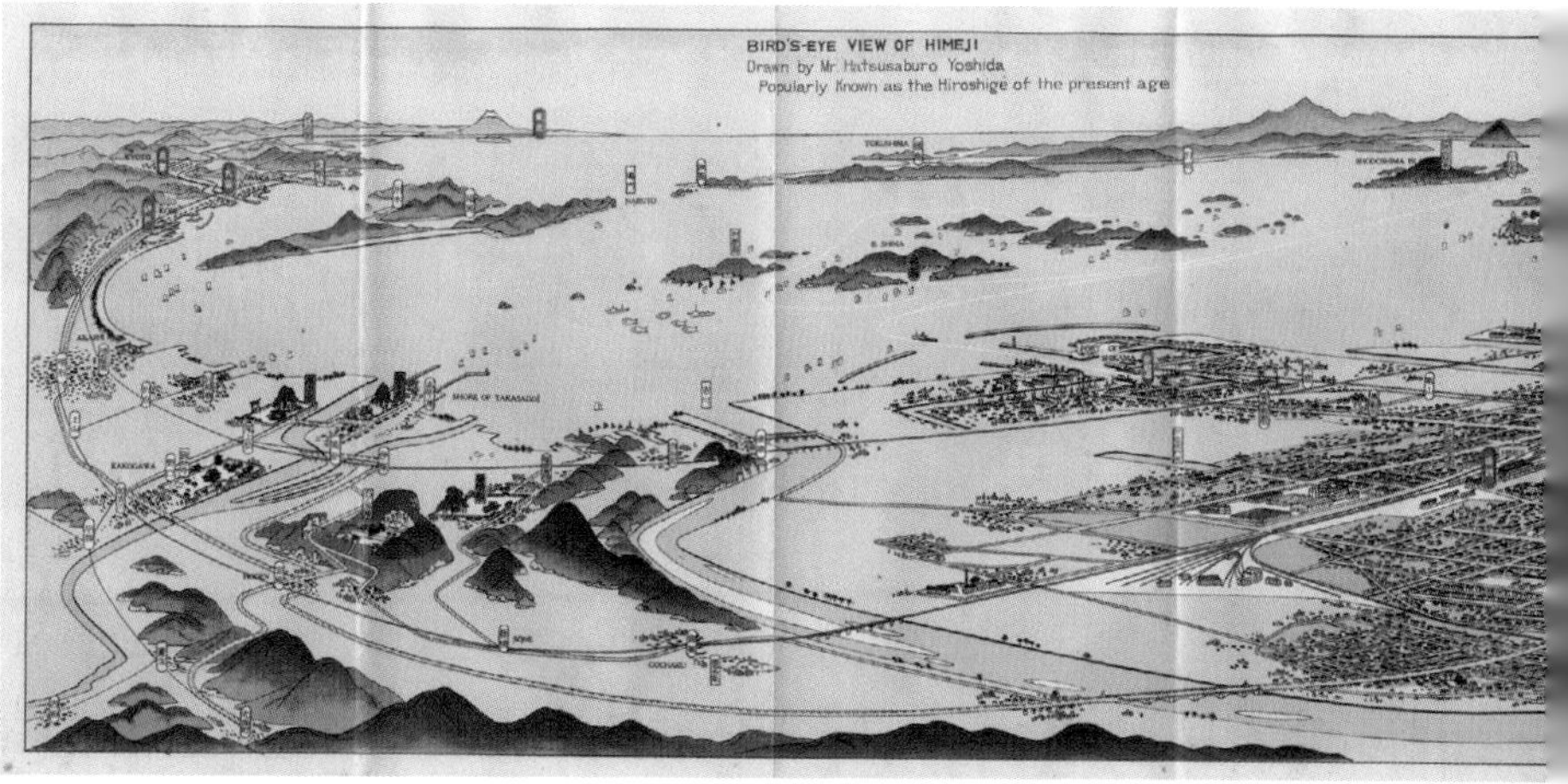

鳥瞰図右、廣嶺山と増位山の麓に姫路競馬場がある

パノラマに映し出された姫路競馬場はお城近く、廣嶺山と増位山の麓に〈RACE GROUND〉と英語表記つきで腰を据えていた。前身の淡路競馬場が廃止された際、それに代わる形で昭和24年に開設されたわけだが、図はそのすぐ翌年の25年に作られたものだった。もう少し早かったら競馬場はなかったわけで、こうした偶然もまたいい。

5 犀川のほとり

明治から昭和に活躍した詩人・作家の室生犀星は金沢の出身で、ペンネームは彼が犀川の西に住んでいたことに由来する。金沢競馬場が現在の場所に移る以前の〝旧競馬場〟は、その犀川のほとりにあり、初三郎の鳥瞰図にも描かれている。

石川 金沢競馬場〈室生犀星〉

特急列車が好きで、まいづる、はるか、ラピートなどは、仕事の関係もあって利用することが多い。そしてここ数年は金沢の調査でサンダーバードにお世話になった。サンダーバードはなぜか心地よく眠れ、京都で乗車して「はっ」と気づくと、もう次の駅が金沢といった調子だ。意識不明で約2時間。それでも棚に乗せた荷物がなくならない日本という国はなんとも平和で、わたしのようなぼんやり者にはありがたい。

最後の金沢入りは、北陸新幹線が開業するひと月ほど前だった。そのため混雑はなかったが、駅前の少し広いところに俳優の船越英一郎がいて、なんとなくザワついていた。新しい新幹線絡みのサスペンスを撮りに来たに違いない。「さすがは2時間ドラマの帝王」と思いながら通り過ぎようとしたら、その横のほうに、丸刈りの内藤剛志が役者然としていた。

二人には数ヵ月後に金曜プレミアム「外科医 鳩村周五郎～加賀友禅殺人事件」（平成28）で再会できた。内藤扮する小室刑事の「金沢かあ、何年ぶりだ！」で始まるそれは、加賀友禅の呉服屋一家における陰謀と殺人を描いたもので、兼六園など城下町金沢の名所旧跡を背景に「おぬしも腹黒よのおう～」「のどぐろじゃあ～」といったご当地グルメを使ったセリフ遊びも楽しい。のどぐろといえば、わたしも犀川近くの旅館で焼いたものを食した。「のどぐろとはこの魚の俗称で、正式にはあかむつって言うんです」と女将さんに教えられた。口を開けるとのど元が黒くなっているらしい。その日は郷土史家のKさん宅で室生犀星の調査をしていて、彼の親戚が営む旅館に泊まったのだった。

ふるさとは遠きにありて思ふもの

〈ふるさとは遠きにありて思ふもの／そして悲しくうたふもの〉（『抒情小曲集』大7）の詩で知られる室生犀星は、明治から昭和の文壇で活躍した金沢出身の作家で、本名は照道。犀川の西に住んでいたことがペンネームの由来である。泉鏡花や徳田秋声とともに「金沢の三文豪」と呼ばれている。親友に芥川龍之介がいて、彼の死を題材にした小説『青い猿』（昭7）が秀逸だ。Kさんは長く伸ばした真っ白なあごひげを指でねじりながら、「青い猿だなんて意味深ですし、ずいぶん平気で悪口も書いてますなあ」と面白がっていたが、「そうそう、あなたが見たがっていた犀星の満洲関連資料はこちらです。ハルビンと大連と……」と、いろいろ見せてもらった。犀星は昭和12年に満洲に旅し、大連、奉天を経てハルビンに入り1週間滞在している。彼にはその経験を詠んだ『哈爾浜《ハルビン》詩集』（昭32）もあって、それをめくっていたら「馬」という文字が目に飛び込んできた。

〈馬の毛はみな刈りとられ／だんだらの波をつくり／馬の鼻はひらきて／その首はみな垂れゐたり〉

犀星の文学に本気で取り組んだことがなかったので知らなかったが、これは実に興味深い。なぜ満洲馬は毛を刈り取られているのだろうか。競走馬のそれとは異なる意味があったはずだ。

「あなたは馬に興味があるんですか？　犀星には同じタイトルの詩がもう一つありますよ」

「よくご存じですねえ。お恥ずかしい限りです」

「うちの母方は代々農家で、馬も飼ってました。よく遊んだものです。それもあって調べたことがあったんです」

〈そのとき馬は毛並みまで青ざめ／つく呼吸はあらしのやうに烈しかつた／馬は自分でもこれ以上力がないやうな気がした／とても登りきれぬ坂だと思へた／坂はまだ半分にも達してゐなかつたのだ／馬は足を波のやうに重い荷のために／いくたびとなくずるずる引摺られた／引摺られるごとにあとの足が弱つて行つた〉

馬を題材にした詩がいくつも

これは『寂しき都会』（大9）収録のもので、あと3フレーズ続くが、駄馬に人生を重ね合わせたものだった。きっと犀星が詩人としての将来に思い悩んでいたころのものなのだろう。ちなみに、その後刊

金沢市鳥瞰図（吉田初三郎 作／国際日本文化研究センター所蔵）

行された『鳥雀集』（昭5）には「馬車」という詩もあった。

〈かへり見れば／がらくた馬車のらつぱ鳴る。／らつぱ鳴るにもこころ惹かれぬ。〉

「わたしが幼かったころは駄馬が身近で、砂利道には馬糞が点々としてたものです。ときどき尻尾を上げて落としていくんですなあ。今ではもう競馬場へでも行かなければ馬はいません。そういえば競馬場もあんな遠くでなく、もっと近くにありましたなあ……」

Kさんはおもむろに立ち上がり、金沢の貴重な古地図から新しいものまで複数枚を取り出してくれた。するとその中に吉田初三郎の鳥瞰図があった。わたしが集めていることを話すと、お土産として持たせてくれるという。もちろん丁重にお断りしたが、「昔の競馬場も描かれていますから」と勧められ、誘惑に勝てず結局は持ち帰ってしまった。

今ある金沢競馬場は昭和48年に移転したもので、金沢駅から車で20分弱の河北潟沿いにある。それを念頭に置きつつ昭和6年に開設された旧競馬場を鳥瞰図に探してみれば、それよりはだいぶ市街に近い右寄りの、犀川のほとりに可愛らしく描かれていた。

旧競馬場は市街に近い右寄りの、犀川のほとりに可愛らしく描かれていた。

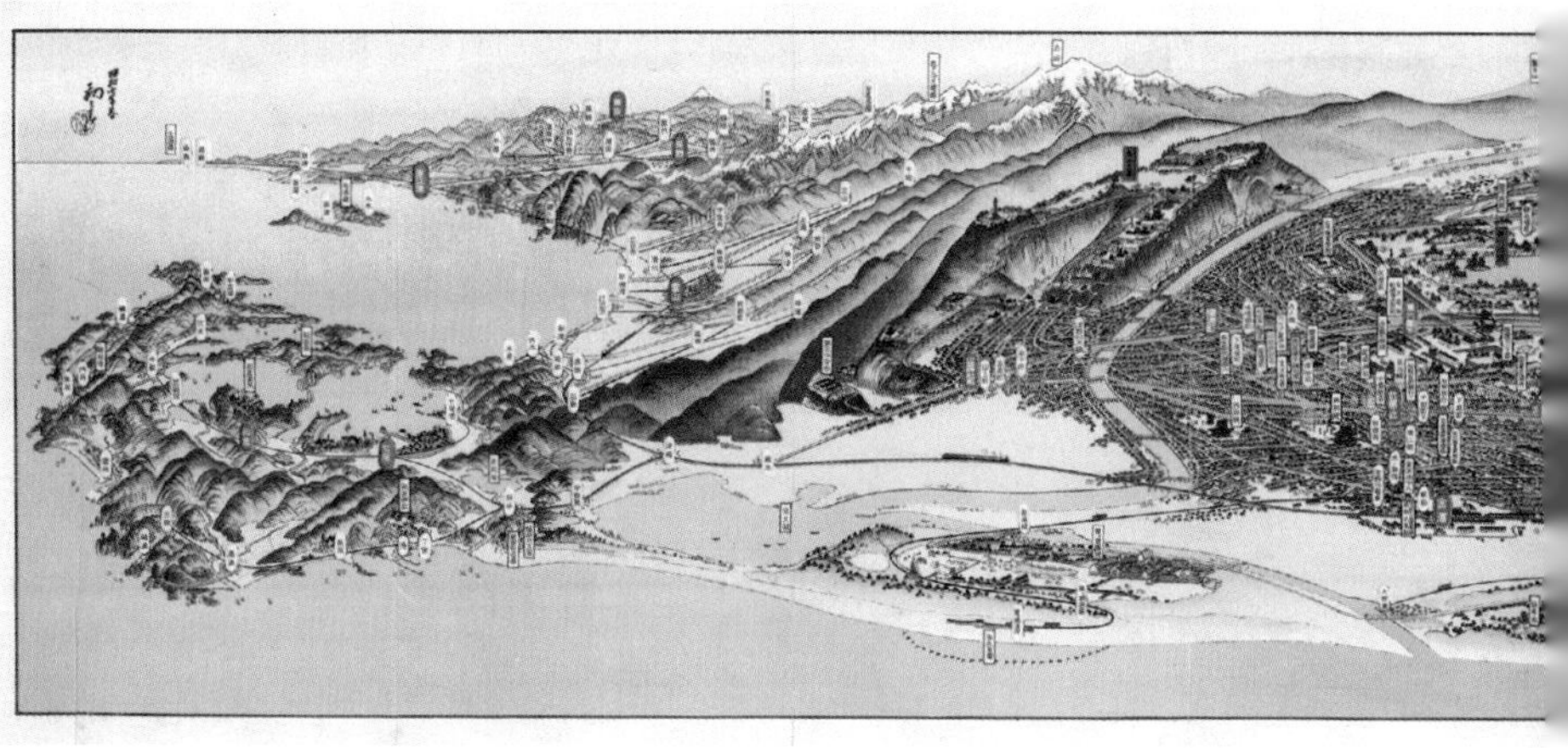

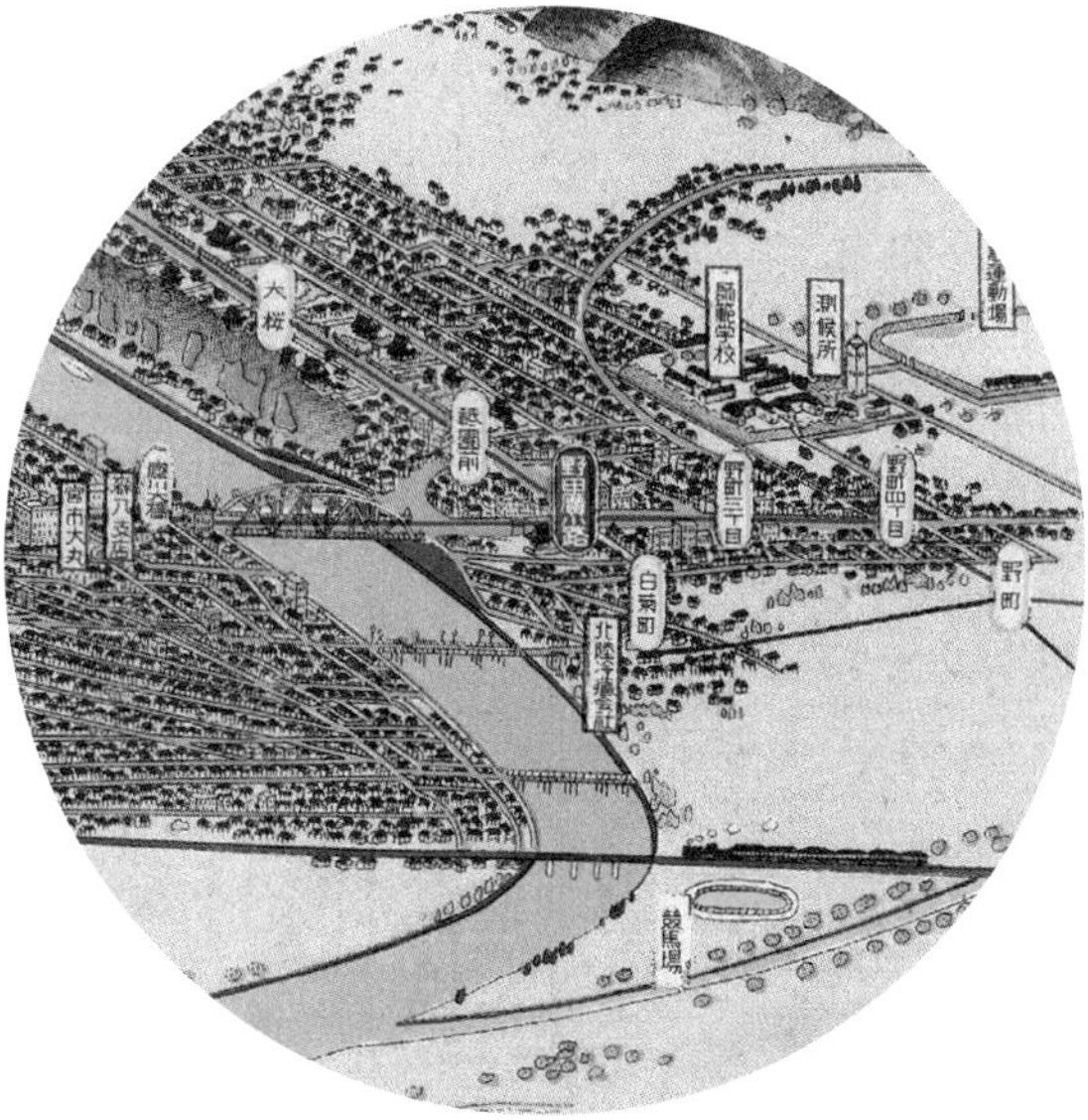

鳥瞰図右、犀川のほとりのはずれに、旧金沢競馬場がある

真横に走る鉄道は東京から下関までをつないでおり、その上を機関車が煙を上げている。なんとも時代を感じさせる風景だが、犀星は一人それに乗って東京へ出てきたのだった。

〈ふるさとは遠くにありて思うもの……〉

彼は文壇で地位を確立したのちも金沢にほとんど帰ることなく、その代わりに犀川の写真を飾っていたという。

6 馬肉と風林火山

「風林火山」の軍旗と騎馬隊で知られる武田信玄のお膝元である山梨県甲府にも、かつて競馬場が存在した。初三郎の鳥瞰図にはその美しい姿が残されているが、時局に翻弄され10年ほどしか使われなかった幻の競馬場である。

山梨 甲府競馬場〈獅子文六〉

獅子文六こと岩田豊雄は昭和の大人気作家だった。そのペンネームは「四四、十六」をもじったもので、戦中は真珠湾攻撃を描いた『海軍』（昭17）が朝日文化賞に、戦後は『娘と私』（昭31）がNHK連続テレビ小説の1作目に選ばれている。また主人公が四国独立運動に誘い込まれるユーモラスな『てんやわんや』（昭24）が人気を博し、淡島千景主演の映画にもなった。

獅子文六の随筆「馬のウマさ」

そんな彼に、とにかく馬肉のウマさを並べ立てた「馬のウマさ」（『文藝春秋』昭43）なる随筆がある。

〈第一、肉が柔かい。そして、味が軽い。脂肪が少いせいだろう。もう牛肉のロースは、ホンモノの松阪産であっても、一、二片で、ゲンナリで、わずかにフィレのステーキの少量をもって、満足するほどの胃袋が、馬肉だと、軽く二人前いくのである。一向、腹に溜らない。牛肉をあれだけ食ったら、翌日が大変だが、馬肉はよほど消化がいい〉

相当ウマかったのだろう。その後の文章も気持ちがあふれんばかりで、ちょっとおかしい。

彼が食した馬肉屋は吉原日本堤にある「桜なべ中江」で、明治38年創業の老舗である。常連だった画家の岡本太郎が「おやじ、僕はフランスで馬肉のタルタルステーキをよく食べたのだが、同じようなものを作ってくれ」と言ってできたのが、太郎の名を使った「タロタロユッケ」だ。

実はわたしも大学院生時代に一度だけ行ったことがある。芭蕉研究で著名な森川昭先生に連れて行っこもらったのだ。先生は東大医学部から国文に転じた人で、きっぷがよくて大好きだった。

　その日は七福神めぐりの誘いを受け、田端駅で待ら合わせをしていた。するとほどなく先生は愛弟子のY子さんと現れ、「石川君、遅かったね。誘われたときは15分前には到着して周辺を探索しておくものですよ」と笑顔で、自分たちはもうそれを終えてきたんだと鼻の穴をプクプクさせていた。その後は谷中の歴史を教えてもらいながら3人そろって歩いた。

　勉強になったが、とくにさすがだなあと思ったのは、途中立ち寄った和菓子屋における桜餅についての知識だった。

「多くの人がこの桜の葉をはがして餅を食べるか、ひどいと葉ごと食べてしまうが、そうじゃない。葉をちょっとはがし、それを噛む。その噛んだ時に生じる味と香りとを楽しみながら餅を食べる。これを繰り返すのが桜餅の正しい食べ方なんです」

　まさに教科書では教えてもらえないことで、先生が話し終えるや否や大きな拍手がわき起こった。ほかのお客さんも聞いていたようだ。お店の人までが「それは知りませんでした」と感動していた。

「よし、馬力をつけにいこう」

　先生は気分上々、和菓子屋の電話を借りて「桜なべ中江」に予約を入れてくれた。

　お店では当然のように桜鍋を注文した。そして文六が書いている通り、この味噌タレが本当においしい。

〈日本堤の馬肉屋で食う鍋は、独特の風味を持ってる。淡にして、且つ滋味を伴なってる。老人の肉食として、これ以上のものはあるまい。世間でいう異臭なぞ、まるで感じない。また、肉に水分が多く、煮ると泡が立つという評判も、ウソである。材料の肉が精選されているのだろうが、一つには、その店の自慢の味噌タレが馬肉とよく調和するのだろう。味噌タレでないと、いい味が出ない〉

　わたしも先生もきゃしゃなY子さんも食べに食べたが、その間、ここにおいても先生の特別授業は続いた。

「後ろにある、馬を描いた4枚の絵は谷文晁作とありますが、彼は狩野派の高名な画家です。Y子さんは知っていましたか？」

「谷文晁は知っていました。『日本名山図絵』が代表作ですよね」

「そうですか、知っていたならそれでいいです。で

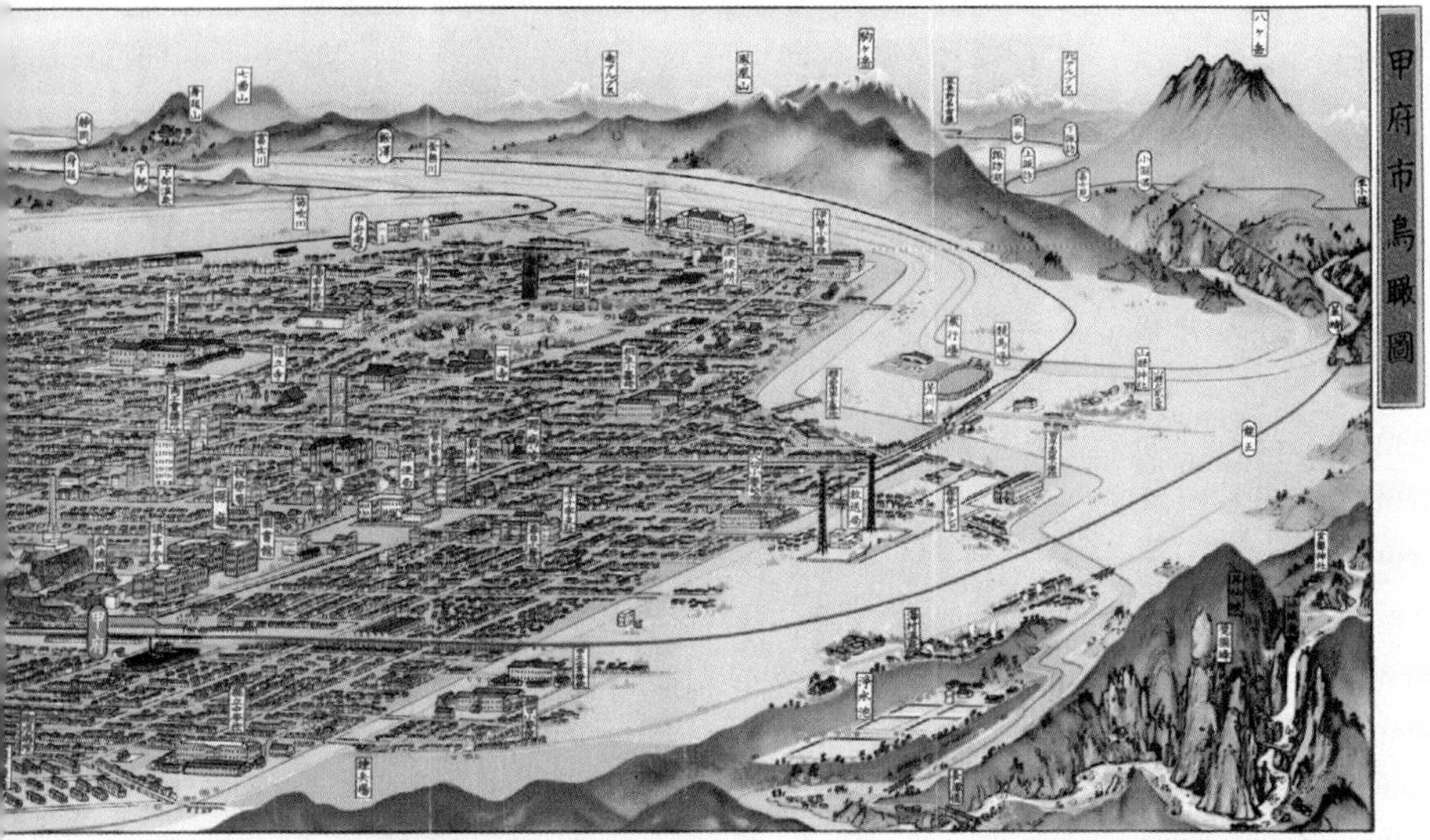

甲府市鳥瞰図（吉田初三郎 作／国際日本文化研究センター所蔵）

は、石川君、〝馬力をつける〟という言葉が、この桜鍋を食べることから生まれたということを知っていましたか？」

「知りませんでした」

「そうでしょう、知らなかったでしょう。では、追加でもう一つ。あの武田の騎馬隊を率いた信玄が馬肉を好んで食べていたことを知っていましたか？」

「いえ、それも知りませんでした」

「そうでしょう、信玄は戦《いくさ》で傷ついた馬を温泉に入れるほど大切にしていましたが、良き甲斐駒の血統を残すために、あえてダメな馬は淘汰していたんです」

信玄の本拠地・甲府に競馬場が

武田信玄といえば「風林火山」で知られる戦国時代の英雄である。しかしその「風林火山」は井上靖の歴史小説『風林火山』（昭30）で生み出され、定着していった比較的新しい語句なのだ。井上自身も〈発表当時、多少の反響はありましたが、現在のように〝風林火山〟という四字は一般的なものではありませんでした〉と書き残している。

信玄の本拠地は山梨県甲府市の躑躅ヶ崎館にあったが、いつものように吉田初三郎の鳥瞰図を見れば、

川沿いを進むと、今はなき甲府競馬場が飛行場に隣接して描かれている。

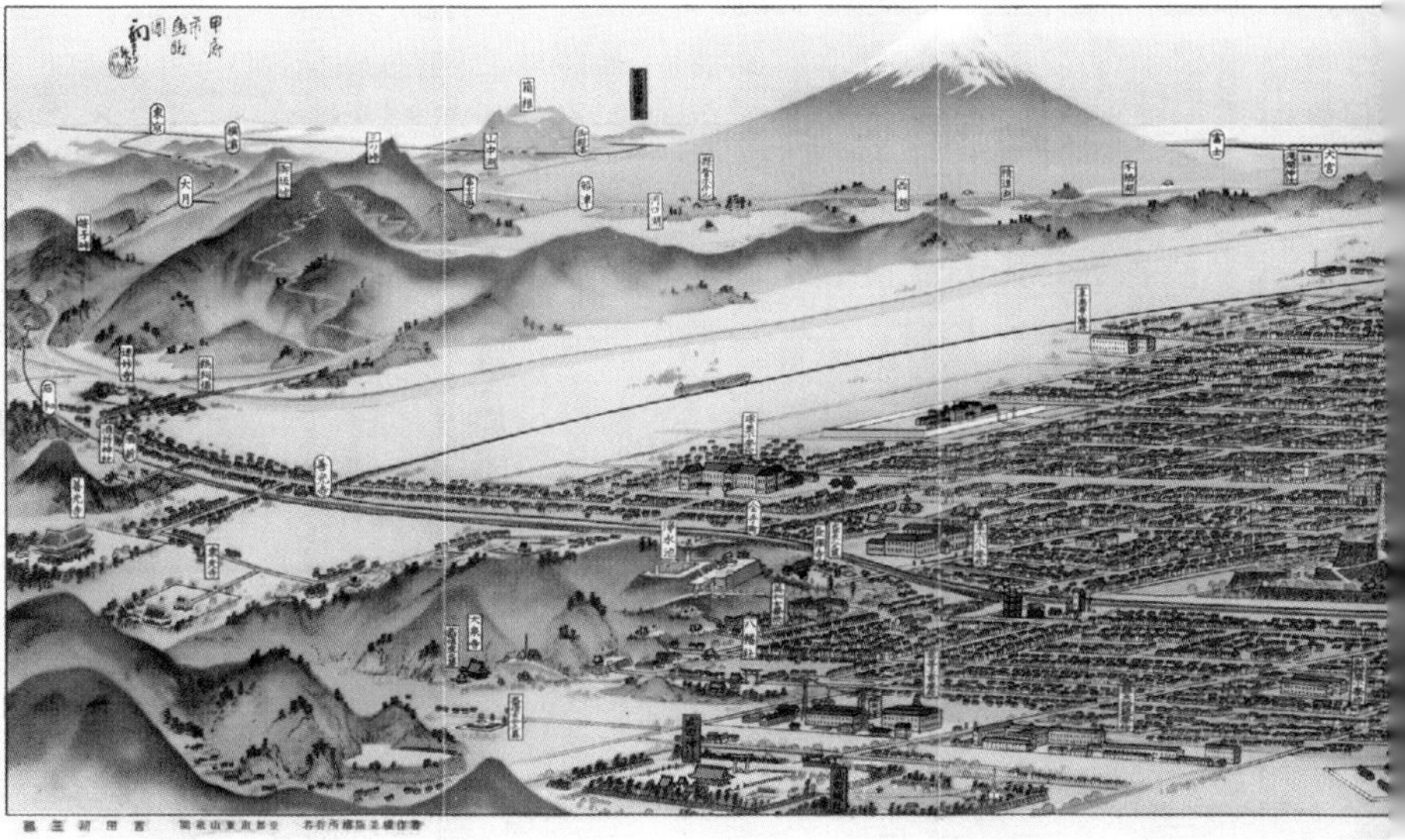

鳥瞰図右、甲府市街から「荒川橋」を渡ってすぐの場所に、幻の甲府競馬場の姿がある

その跡地は武田神社の境内になっていた。そしてそこから八ヶ岳方面に向かって川沿いを進むと、今はなき甲府競馬場が飛行場に隣接して描かれている。

競馬場は昭和3年に開設されたが、13年に飛行場の拡張を目的に買収されてしまった。そのため施設などが取り壊され、競馬の開催は実質上不可能となるが、鳥瞰図にあるその姿は無傷で美しかった。

7 高知城下の馬ぞろえ

国の重要文化財にも指定されている高知城の天守閣は、土佐藩初代藩主・山内伊右衛門一豊によって築城された。妻千代のエピソードが〝内助の功〟の慣用句として知られるが、彼は騎馬を集めて優越を競い合う「馬ぞろえ」を行っていた。

高知　栈橋競馬場〈司馬遼太郎〉

吉田初三郎の鳥瞰図を使って日本中のお城をめぐり、あれこれと想像するのが最近のお気に入りだ。たとえば弘前城にて満開の桜の下を歩み、名古屋城で濃紺の石垣に触れつつ鶯色の瓦に驚く。そして松江城の天守から透き通った宍道湖を眺めたあとは、新緑まばゆい高知城に入り戦国の世に思いを馳せる。きっと築城主たる山内伊右衛門一豊も、愛妻千代とともに折々の季節を楽しんだに違いない……。

しばし山内家に目を向けてみよう。

夫の活躍を支える妻のはたらきを〝内助の功〟というが、その慣用句は、千代が一豊のために嫁入りの持参金で高額な馬を購入し、それが信長の目にとまって一国一城の主へと出世したことから生まれたものだ。

騎馬の優越を競う「馬ぞろえ」

わたしはそれを大河ドラマ『功名が辻』（平18）で知ったが、原作は『竜馬がゆく』（昭43）と同じく司馬遼太郎で、初三郎の鳥瞰図には、青年有志らによって昭和3年に建てられた坂本龍馬の銅像が描かれている。そして大河ドラマの龍馬ものには『龍馬伝』（平22）も加わったが、なんとなく『功名が辻』のほうが好きだ。騎馬を集めてその優越を競い合う「馬ぞろえ」のくだりが面白い。

「おお、あれか、馬で知れるわ」

信長は、ひざをたたいた。

「伊右衛門の山鳥葦毛の前には、諸大名どもの馬さえずんと見劣りしてみえる」

伊右衛門は、憂々と打たせてゆく。乗りざまもいつもとちがってみごとなものだ。馬がよいと、つい乗る姿勢さえしゃんとしてくるものらしい。

(千代、見ろ。そなたの馬だ)

伊右衛門の眼の前に、浅みどりの春の朝の空がひろがっている。

戞々とゆく。

「いや、今日はよき侍をみつけた。あの馬代に二百石を加増してやれい」

信長は上機嫌だった。


この数行の間に一豊の将来がパッと開ける。

この馬ぞろえは天正9年、京の都で行われた信長の軍事パレードで、「天下は織田家のものぞ」と誇示するものだった。そして一豊が乗った馬こそが、のちに鏡栗毛と呼ばれる奥州南部産の駿馬《しゅんめ》で、見出したときの彼の言葉がまたいい。〈ほしい〉の一言。戦国の世においてこの愚直さはあまりにも危険だが、千代は己の生涯をそこにかけたのだった。

戦国を生き抜いた奇跡の男・一豊

大河ドラマでは仲間由紀恵がその千代をイメージ通りに、上川達也が一豊をうまく頼りなく演じていた。そして観ていて気持ちいいほど千代は一豊をころころと転がし、それでいて憎めない。

原作のほうでも、持参金を隠し持っていたことから〈賢すぎる女だ、お前は。心が何室にもわかれていて、玄関からは見通せぬ〉と一豊に怒鳴られ、困った千代がどうするのかと読み進めると、〈泣くにかぎるわ、理屈を言わないで〉と涙をとめどもなく流してみせる。しかし、さんざん泣くと、今度は笑いがこみあげてきて背中が震える。優しい知恵者で愛嬌もたっぷり。それが千代という女で、一豊は震えるほど泣かせてしまったとオロオロする凡庸な男。しかし、はたして本当に一豊はそれだけの男だったのだろうか。司馬の一豊評はこうだ。

〈実に、伊右衛門は奇跡の男といってよかった。関ヶ原に出陣した東軍諸将のなかで、織田、豊臣、徳川の三代を生きのびた者は、家康その人のほかに、伊右衛門しかいない。福島正則らは秀吉からこちらの男だし、黒田長政や細川忠興は第二世でそのおやじ殿はべつとしてかれら自身織田家につかえたことはない〉

一豊と家康、二人の共通点は〈生きのびた者〉。戦国の乱世においてそれを可能とする何かが、一豊にもあったはずだ。

高知市鳥瞰図（吉田初三郎 作／国際日本文化研究センター所蔵）

『功名が辻』は「馬」をきっかけに主人公が立身出世する話だが、同じく高知において「馬」を主人公にした映画があったことを思い出した。『ハルウララ』（平17）である。わたしは以前にDVDを買っていて、そのケースには〈連戦連敗の競走馬、ハルウララ――／決してへこたれず、諦めない、そのひたむきな姿が多くの人々の心を揺さぶった感動の物語〉と記してある。しかしながら特筆すべきはその特典のおまけで、なんと、高知競馬場で売っていたあの「交通安全」のお守りが入っていた。

〈奉納　ハルウララ号　尾毛　牝馬　八歳〉

勝てないから「あたらない」。高知競馬で通算113連敗。中央競馬のトップ騎手・武豊が騎乗しても勝てない。しかしながら、その弱さが人々を魅了し続けた「奇跡」の馬である。

このハルウララの活躍によって、高知競馬場は廃止をまぬがれ今に続くわけだが、初三郎の鳥瞰図にはその前身にあたる桟橋競馬場が埠頭近くに描かれている。

大正5年に開設された桟橋競馬場は、終戦前に一端その役割を終えたが戦後に再建され、昭和60年の新競馬場開設まで市民に親しまれた。高知城と並べて見てみれば、まさに近世から近代への移り変わり

高知競馬場の前身にあたる桟橋競馬場が埠頭近くに描かれている。

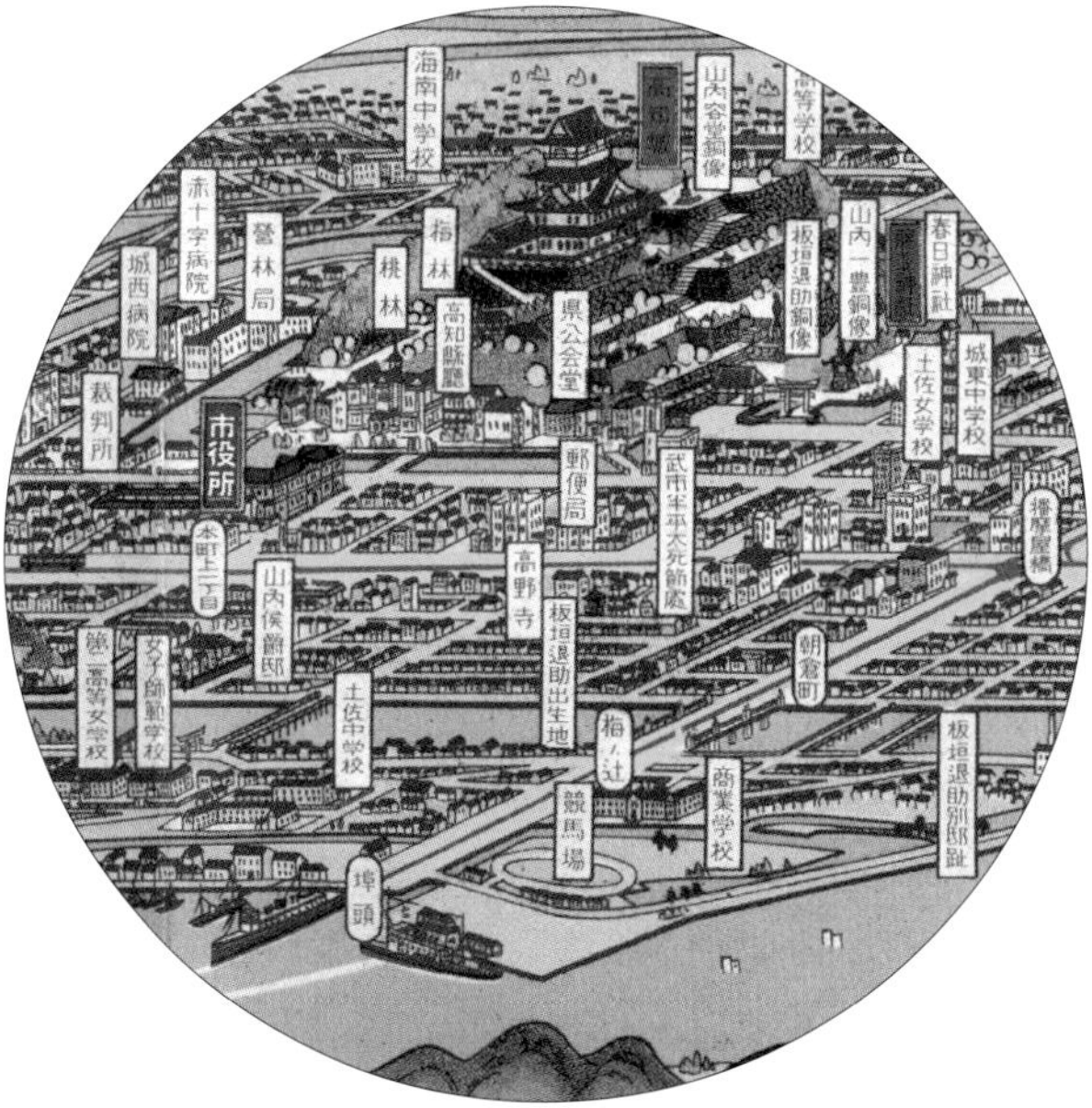

鳥瞰図中央下、船が往来する埠頭のそばに、
高知競馬場の前身である桟橋競馬場がある

を象徴している。

しかしそれもまた一豊・千代夫妻の努力あってのこと。二人もまさか我が城下で、近代的「馬ぞろえ」が行われるとは夢にも思わなかったことだろう。

8 旭川風物詩

北海道 旭川競馬場〈小熊秀雄〉

昭和初期に活躍した北海道出身の詩人・小説家の小熊秀雄は、旭川と非常に縁が深い。
当時の旭川は陸軍第七師団本部があったことから軍都とも称され、
昭和5年に描かれた鳥瞰図には、
練兵場や司令部などの施設のそばに競馬場がある。

誰に向けられた「風刺詩」かわかるだろうか。

文学に見切をつけて
馬鹿面をして口あけて
馬の鼻つらを睨む
競馬ファンの一人に
加はつたことは聡明である
あなたさまの文学観、人生観、
すべて心理に関することごとくのこと
投機のごとく考へてゐるのは達観なり、
そして見事に『文藝春秋』は当つた
もつとも投機的である
競馬でアテたためしがないのは
いかなる人生の矛盾ぞや、
あなたの運命は
文学を始めたときからでなく
競馬を始めたときから変りだしたのだ。

競馬ファンなら『日本競馬読本』の著者、もしくは「無事之名馬」なる名言を残した人物といったほうがピンとくるかもしれない。そう、馬主文士の草分け菊池寛である。読み手としてはクスッとなるが、当の本人はどう思ったことか。タイトルはずばり「菊池寛について」。

文壇で名を馳せた10人以上もの作家に対し、新春を祝う歌（『太鼓』昭11）として発表されたうちの一つだ。作者は昭和戦前期に活躍した小熊秀雄で、詩や小説はもちろん童話も書き、絵画も多く描いた。

さまざまな芸術活動に関わったのち肺結核に侵され、昭和15年、39歳という若さで惜しまれつつ逝ってしまった。手塚治虫や松本零士らに大きな影響を与えたＳＦ漫画の先駆的傑作『火星探検』の原作者・旭太郎としても活躍した才人だ。

小熊にとっての〈ふるさと〉とは

そんな彼に「馬の胴体の中で考へてゐたい」（『流民詩集』昭22）という詩がある。

おゝ私のふるさとの馬よ
お前の傍のゆりかごの中で
私は言葉を覚えた（中略）
ふるさとの馬よ
お前の胴体の中で
じつと考へこんでゐたくなつたよ
『自由』といふたつた二語も
満足にしやべらして貰へない位なら
凍つた夜、
馬よ、お前のやうに
鼻から白い呼吸を吐きに
わたしは寒い郷里にかへりたくなつたよ

馬は持ち前の健気さ力強さから、労働者の団結などを描くプロレタリア文学によく登場するが、ここにおいては国家に弾圧された詩人の嘆きを受け止める、そんな優しい存在となっている。

そしてその馬のいる〈ふるさと〉は、小熊が生まれ育った北海道各地に樺太を含めたイメージの総体と評されているが、わたしは具体的に、彼が新聞記者となって世に問う言葉を覚え、愛妻つね子を得た旭川だと思っている。

つね子は小学校の教師で、小熊とは旭川で開催された絵の展覧会で出会った。「熱心ですね、僕が説明してあげましょう」と小熊が声をかけたのがきっかけだ。

会場の係員かと思ったつね子は、一点一点、絵の前に立ち止まって彼の説明を受けた。ところが十点くらい先に進んだところで「これが僕の絵です」と言われ、「僕のところに寄っていらっしゃいませんか」と誘われる。その後は芸術家ならではの「僕と結婚したら不幸ですよ」というセリフが飛び出すが、つね子は静かにうなづくのだった。

当時の小熊は旭川新聞の記者をしており、上京するたびに退社し迷惑をかけたが、帰ってくればその都度受け入れてもらう。そんな旭川こそ、彼の〈ふるさと〉だったはずだ。

旭川市を中心とせる名所交通鳥瞰図（吉田初三郎 作／国際日本文化研究センター所蔵）

その旭川を唄った一群の風物詩（昭13）に常盤公園ものがあり、なかなか手厳しい。

〈公園の築山にのぼつて／天下の形勢を見れば／池の水ぬるみ／つつじ咲く／軍都にこの平穏あり／ボートの中の仲善い男女／間もなく彼女は／軍人を産むであろう！〉（「常盤公園所見」）

公園を国の縮図とみなし、軍部の力が増していく時代を皮肉っているわけだが、大正6年にできたそれを吉田初三郎の鳥瞰図で見れば、大きな池の中心に上川神社頓宮がある。そしてその後ろには市街地を取りまくように石狩川が流れ、旭川のシンボル「旭橋」が架かっている。

軍都・旭川の司令部の傍らに

〈旭橋、橋に掲げられた大額には／『誠』と書れてあつた／この橋をわたるとき／市民は脱帽した／私も敬意を表した／しかし橋や建築士に／私は脱帽したのではない／人間の『誠実』を愛する／こころに脱帽したのだ／愛と、誠実の街／旭川よ！〉（「旭橋の感想」）

旭橋を渡ると右手奥のほうに、北方の開拓と防衛のための第七師団と練兵場が広がり、旭川競馬場は英霊を奉祀する招魂社とともに、その施設の一つの

旭橋を渡ると右手奥のほうに練兵場が広がり、旭川競馬場はその施設のようにあった。

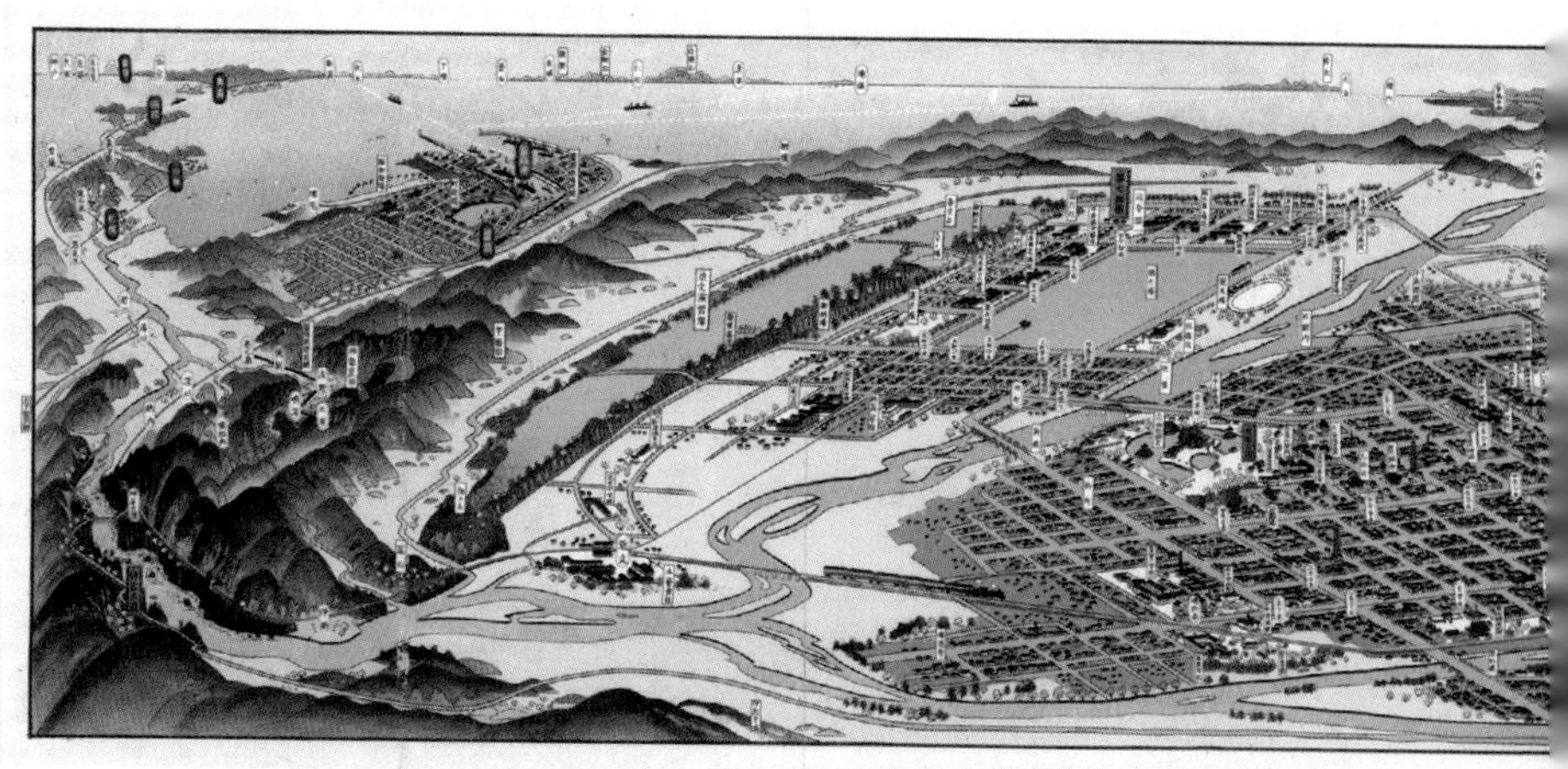

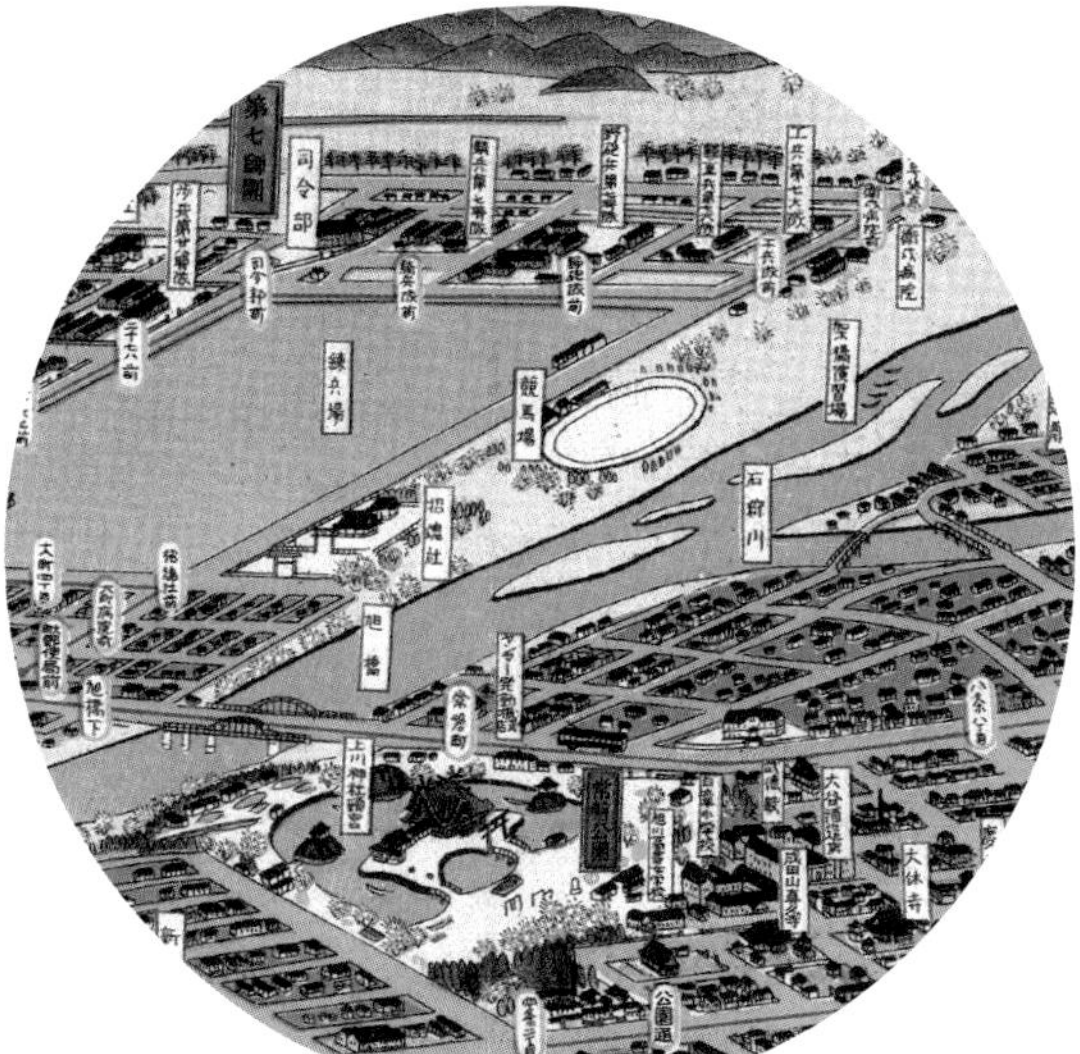

鳥瞰図中央やや左、市街地から旭橋を渡った対岸、練兵場のそばに競馬場がある

ようにあった。

競馬場は皇太子のご観覧のために明治44年に開設され、所在地が近文町から花咲町、そして神居町へと移転しながら平成20年まで続いた。鳥瞰図に描かれているのは最初のものだ。

現在（平成29年）、神居町の跡地はタイヤのテストコースになっているが、小熊だったら、さぞかし風刺を効かせて唄ったことだろう。

9 樺太の競馬場

北海道のすぐ北にある樺太は、日露戦争勝利後から昭和20年の終戦まで南半分が日本領だった。吉田初三郎も樺太を描いた鳥瞰図を残しており、そこには中心地・豊原にあった競馬場の姿も確認できる。

樺太 豊原競馬場〈林芙美子〉

『放浪記』で親しまれる林芙美子は活動的な作家で、うら若き20代のころから、トランク一つでどこへでも旅に出た。北京だろうがシベリアだろうがパリだろうがお構いなし。しかも戦時下だったりするから驚かされる。

　そんな彼女は昭和9年の初夏、北海道から樺太へ渡っており、紀行文「樺太への旅」を残している。樺太は北海道の北方、宗谷岬からわずか43キロほどしか離れていない大きな島で、晴れた日には島影を望むことができる。そしてその南半分が昭和20年の終戦時まで日本領だった。

〈お元気でいらっしゃいますか。豊原には夕刻6時頃着きました。道が悪くて、ぬかるみの多い町です。駅の前にはパン屋の馬車のような箱型の青色の馬車が一台、広場にぼんやりたむろしていました。駅の前はなかなか広いので、四方から寒さが来るようです。私のずうっと頭の上の方にでも空気があるのでしょう、ここには低いところに空気なんぞまるでないように深とした黄昏で、町の雑音がキレイに聴えます。寒くて、海辺から遠いせいなのか何だか清潔に思えました。ここも北海道と同じく、高い建物がないので空ばかり大きく見えます〉

　豊原は日本人が多く暮らしていた樺太の中心地で、芙美子はそこを拠点に気ままな旅を続ける。わたしは彼女の文章を引き写しながら心底うらやましく思う。ここ数年、樺太に行きたいと強く願っており、その理由はいくつかあるが、一番には、かつての国境が見たいのだ。

　高校の社会の時間に、北緯50度線を境にして南半分を大日本帝国が、北半分をロシア帝国が領有したという、日露戦争やポーツマス条約にまつわる事柄はもちろん習ったが、そこに国境が生じたという認識はなぜかなかった。お恥ずかしい限りだが、そののちも研究職に就くまでなかった。

樺太を南北に分けていた〈国境〉

きっかけは劉建輝先生が見せてくれた一枚の絵葉書で、そこには将棋の駒のような形をした重そうな標石が写っていた。

「ほら！」

「これってなんですか？」

「樺太に置いてあった国境の石だよ」

「こんなのが置いてあったんですか」

「そうみたいだね、面白いね」

「はい、面白いです」

日中の文化交渉史研究で知られる劉先生は旧満洲生まれの人で、最近では画像や地図を用いた国際的な共同研究会も開いている。そんな彼にとって、国境は常に念頭にある、そして複雑なものだろうが、日本の国境＝海くらいにしか考えていなかったわたしは、かつて日本にも国境があったという当たり前の事実に打ちのめされた。

しかし、その深い心的ダメージを悟られるのが恥ずかしかったので、その場は何事もなかったかのように振る舞った。そして一人になってから、こっそり国境の標石について調べたのだった。

わかったことは、標石の日本側にあたる南面には菊の紋章が施され、その上には〈大日本帝国〉、下には〈境界〉の文字が刻まれており、北面にはロシア帝国を表す双頭鷲紋章と対応する文字が刻まれていたということ。そして標石は17ヵ所に置かれ、そのほか19ヵ所には木で作られた標識が立てられていたことである。その点と点とを結べば国境線になる。

「なるほど」

興奮したわたしはその勢いで、樺太に踏み込んだことのある作家をピックアップした。寒川光太郎、宮内寒弥、本庄陸男、林芙美子、そして旭川競馬場を取り上げた際に登場してもらった小熊秀雄もその一人である。

ここでまた小熊の話をさせてもらうと、彼の幼少期は複雑で、10代に入ってから父と継母が移住した豊原に引き取られ、15歳で泊居町の高等小学校を卒業する。その後は漁師手伝い、養鶏場番人、炭焼き手伝い、農夫、昆布拾い、伐木人夫、製紙パルプ工場職工などの雑労働に従事しており、ほぼ親から独立した生活を送っていた。

樺太観光交通鳥瞰図（吉田初三郎 作／国際日本文化研究センター所蔵）

小熊の詩に蹄鉄を打つ描写が

そうした労働が上京時における彼の貧しい生活を支えたが、2ヵ月ほど鍛冶屋で働いたこともある。

〈泣くな、／驚くな、／我が馬よ。／私は蹄鉄屋。／私はお前の蹄から／生々しい煙をたてる、／私の仕事は残酷だらうか、／若い馬よ。／少年よ、／私はお前の爪に／真赤にやけた鉄の靴をはかせよう。〉

（「蹄鉄屋の歌」）

わたしの知る限り、蹄鉄を打ったことのある作家は小熊一人だ。そして彼は林芙美子を見知っており、『放浪記』で成り上がった彼女への風刺も唄っている。

〈有名なる貴女の人格に／触れることをおゆるし下さい。／私も多少の人格をもつてゐる、／そしてそのいくらもない人格を賭けて／あなたのことを歌ふのだから、／あなたの芸術上の呑んだくれの／性格は出版記念会の／余興の上には一層それが発揮される／主賓としての貴女は洋食皿をもつて／泥鰌すくひを踊りまはる／それは良いことです／来賓を喜ばすことは／だがもしあなたが踊りのために／くるりと尻を捲つた／長襦袢が／余興のために前もつて着込んで／きたものであつたとしたら惨めです〉

（「林芙美子へ」）

樺太随一と呼ばれた豊原競馬場は、駅とその近くを流れる鈴谷川との間にあった。

鳥瞰図ほぼ中央、南樺太の中心だった豊原の市街に隣接して〈樺太随一〉の豊原競馬場がある

そんな二人に関係する樺太を吉田初三郎の鳥瞰図で見てみれば、それは南半分を手前にして大きく弓形に広がっている。そしてその中央には樺太庁や樺太神社とともに豊原市街が描かれ、樺太随一と呼ばれた豊原競馬場は、駅とその近くを流れる鈴谷川との間にあった。

樺太競馬は大小20余りの競馬場を抱えて盛んだったが、寒さ厳しく、春競馬は6月と7月、秋競馬は8月と9月に行われ、10月半ばにはシーズンを終えていた。

10 桜島とチャールストン

昭和10年に描かれた初三郎の鳥瞰図に、今はなき鹿児島競馬場の姿があり、桜島が借景のような形で美しくそびえている。初午祭《はつうま》で馬の踊りを奉納する鹿児島神宮も描かれており、南九州における馬文化の繁栄を偲ぶことができる。

鹿児島 鹿児島競馬場〈椋 鳩十〉

桜島を借景にした競馬場

多くの競馬場を吉田初三郎の鳥瞰図で見てきたが、これほど美しい背景を持つものはほかになかった。鹿児島競馬場である。

昭和10年から戦後の31年まで続いたそれは、市街から右へ少し離れた湾岸にあった。造園法の一つとして、背景に山や樹木などの風景を取り入れた借景があるが、この競馬場は自然にそうなっていて、青い海に包まれた桜島を背景にサラブレッドが悠々と駆け抜ける。そんなシーンが目に浮かぶ。

「当時の人々がうらやましい」

とわたしが思わずつぶやくと、画像データを持ってきてくれた情報課のSさんが、

「競馬場からの景色も美しいかもしれませんが、この鹿児島の鳥瞰図自体、わたしのベスト3に入ります」

と嬉しそうに話しだした。初三郎ファンである彼女の妄想含みの解説が素晴らしかったので、ちょっと紹介したい。

「初三郎の目は魚眼レンズやから、見たら全部風景がぎゅっとデフォルメされて見えはったんやわあ。で、きっとそれは友禅の図案師時代の影響で、女性が身にまとう着物の仕立て上がりをイメージすることがしみついてて、鳥瞰図にそれが発揮されたん違うやろか。とくにこの鳥瞰図なんかはそれを強く感じますねえ。桜島と鹿児島湾のバランスがたまりません。それにこの色合いも！きゅんですわ」

なるほど、これまで初三郎鳥瞰図の色味が友禅の影響であることは知られていたが、図柄について言及されることはなかった。これは核心をついている

そと思った。

「Sさん、すごいですよ。そしてその通りだと思います。ただし、魚眼レンズは別ですが！」

「ふふふ」

「でも、本当にすごい発想力です。今度発表する際に紹介させてください」

「ふふふ」

普段の彼女は物静かで礼儀正しいが、こと初三郎に関しては、別人のように普段着の京都弁が飛び出すから面白い。


鳥瞰図に目を戻せば、競馬場から桜島を望んだその先には大小22の火山群を総称する霧島山がそびえ立ち、すそ野には隼人駅が見える。そしてその間に鹿児島神宮があって、そこで行われる初午祭が珍しい。

〈初午の日には、近郷近在から馬が集まってくる。

馬が集まるといっても、馬をひいてポカポカ歩き廻るのではない。

馬に、踊りをおどらせるのである。

馬が、前脚をトントン、トコ、トントンとはねて、チャールストンに似たおどりを踊るのである。

踊る馬は、お百姓さんたちが耕作に使う馬なのである。おどりをしこむのがたいへんだ。野良仕事をすませてから、毎晩、毎晩、家内総がかりで、チャールストン風のおどりの稽古をさせるのである。これをしこむのに、一カ月も二カ月もかかるという〉

「馬おどり」の鹿児島神宮

チャールストンとは両ひざをつけたまま足を激しく外側に跳ね上げるダンスのことだが、そもそもこのお祭りは、室町時代の領主島津貴久が見た馬頭観音の夢がきっかけで始まった馬関連のもので、今では全国から観光客が押し寄せるほどの人気ぶりだ。さきの引用は椋鳩十の随筆「馬おどりの町」（昭49）による。


椋鳩十。むくはとじゅう。

この名前を知る人は少ないと思うが、『大造じいさんと雁』の作者と聞けば「お〜！」となりはしまいか。

〈今年も、残雪は雁の群をひきいて沼地にやって来た。

残雪というのは、一羽の雁につけられた名前である。左右の翼に一か所ずつまっ白なまじり毛をもっていたので、狩人たちからそう呼ばれていた。

鹿児島市鳥瞰図（吉田初三郎 作／国際日本文化研究センター所蔵）

残雪は、この沼地にあつまる雁の頭領らしい。なかなかりこうなやつで、仲間が餌をあさっている間も、ゆだんなく気をくばっていて、猟銃のとどくところまで、けっして人間をよせつけなかった〉

『大造じいさんと雁』（昭16）は、老狩人の大造じいさんと雁の残雪との知恵比べを描いた、小学校5年生くらいに学ぶ作品で、鹿児島がその舞台となっている。椋はそうした児童文学で、とくに動物を描いた長野出身の作家で、大学を卒業するとすぐに教員として鹿児島に移り住み、戦後は県立図書館の館長に就任した人である。

そんな彼に「駿馬」（『駿馬』大15）という詩があり、紡ぎ出す言葉一つ一つの響きがとてもよい。最初の数フレーズを見てみよう。

〈栗毛の馬／彼奴の立派なしりっぺだ。／／あのひふの下には／駿馬の鋭い感覚がひそんでいる。／／雪をきちきちふんでいるひづめは／蟹の目の様に冷い。／ぶりん ぶりん／と体をふる度にゆれる／その尻尾は／北風の様にあざやかに空気をきる〉

この詩には寒さ厳しい長野に生きる馬のイメージが色濃く表れているが、チャールストンを踊る温暖平和な鹿児島の馬との違いが鮮やかだ。

青い海に包まれた桜島を背景にサラブレッドが悠々と駆け抜ける。そんなシーンが目に浮かぶ。

〈馬おどりのすんだ後の馬は、田圃に連れだしても、田圃の真ん中で、耕作を放りだしてチャールストンをやりだすので、しばらくの間は使いものにならない〉

祭りのあとの馬の様子はユーモラスだが、こうした南国ムードが競馬に当てはまるわけもなく、鹿児島競馬場においては桜島の噴火のような戦いが日々繰り広げられていたはずだ。

鳥瞰図右、対岸に桜島を望む鹿児島湾沿いに鹿児島競馬場がある

11

台湾の競馬場

（台湾）川端競馬場〈龍　瑛宗〉

日清戦争勝利後から昭和20年の終戦まで台湾は日本の統治下にあり、中心地の台北は〈日本で一番近代的な都市〉と呼ばれるほど発展していた。
昭和10年に描かれた鳥瞰図には、官庁や文化施設はもちろん、台北帝国大学近くの川沿いに競馬場の姿も確認できる。

大阪、名古屋より先に帝大設置

1、東京帝国大学（明治19年、現、東京大学）
2、京都帝国大学（明治30年、現、京都大学）
3、東北帝国大学（明治40年、現、東北大学）
4、九州帝国大学（明治44年、現、九州大学）
5、北海道帝国大学（大正7年、現、北海道大学）
6、京城帝国大学（大正13年、現、ソウル大学校）
7、台北帝国大学（昭和3年、現、台湾大学）
8、大阪帝国大学（昭和6年、現、大阪大学）
9、名古屋帝国大学（昭和14年、現、名古屋大学）

帝国大学、いわゆる旧帝大を設立順に並べてみた。これを見て「あれ？」と気づいてもらえれば嬉しいが、日本統治下の朝鮮と台湾にもそれがあり、大阪や名古屋よりも設立は早かった。

明治43年の韓国併合から朝鮮半島を、明治28年の日清戦争の勝利後から台湾を、第二次世界大戦で負けるまで日本は統治し続けた。そのため、さきの旧帝大のようなことが起きもすれば、日本一高い山が富士山（3776メートル）から台湾の玉山（3952メートル）に代わってしまうというショッキングな出来事も起こる。そしてこの山は新たな最高峰ということで、明治天皇によって「新高山」と名づけられ、当時の教科書でそう教えられていた。

台湾の中央研究院で歴史研究をしている黄自進先生に、

「玉山が日本一高い山だったことを知っていましたか？」

と聞いたところ、

「知っていましたよ」

と笑われた。そして逆に、

「では、明治神宮の鳥居が阿里山のヒノキで作られたものだってご存じでしたか？」

と質問された。が、

「え、そうなんですか」

と残念な返答をしてしまう始末……。

明治神宮は毎年のように参拝していただけに驚いたが、これもまた当時の教科書にあったことだ。


戦前の日本が島国から大陸へと進出したことは周知の事実だが、その時代のうねりが、大正の広重と呼ばれた鳥瞰図絵師・吉田初三郎にも大きな影響を及ぼしている。

〈よし！ひとつ日本全国の名所図絵、否朝鮮、満洲、世界中を、この名所図絵に描き挙げて、不朽の仕事としたらどうだろう〉（吉田初三郎「如何にして初三郎式鳥瞰図は生まれたか？」）

はたして初三郎は、日本の象徴である富士山を座標軸に、朝鮮や満洲そして世界の交通のありさまを鳥瞰図に落とし込んだ。もちろんその中には台湾もあり、とりわけ中心となる台北市の鳥瞰図（昭10）は山河のバランスがよく、淡水河の支流の新店渓と台北帝国大学との間に、昭和9年に造られた一周1000メートルの川端競馬場の姿があった。なかなかの存在感だが、わずか6年後の昭和15年には一周1800メートルの北投競馬場へ移転している。

競馬場のほかにも台北には日本人が造った建造物がいくつもあり、それを詩人の春山行夫が紀行文「台湾の風景」に書き残しているので見てみよう。

〝近代都市〟だった台北

〈台北は日本で一番近代的な都市だといはれた時代がある。古い城壁を取払つてそのあとにつくつた遊歩路。高塔の聳えた威厳のある総督府の建築は、外人が宮殿とか城とか呼んで眼をみはる。台北帝大（文政・理農・医・工の四学部）図書館、博物館、動物園、植物園、熱研（熱帯医学研究所）工業研究所、農業試験場、林業試験場、南方資料館といつた日本の南方研究機関が揃つてゐる。「世界地図を開いて、台湾の緯度から南で、これだけの文化施設と研究機関の完備した都市があるか調べてみて下さい」と若い教授が自信を以て語つた〉

これは朝日新聞社刊行の『南方の拠点・台湾』（昭19）に採録されたものだが、初三郎の鳥瞰図にその建築物の多くを見つけることができる。また鳥瞰図には文化施設以外にもホテルや電力会社までが描かれているが、総督府の左隣に台湾銀行を見つけた

台北市鳥瞰図（吉田初三郎 作／国際日本文化研究センター所蔵）

時には「これはまさかあの！」と、思わず立ち上がってしまった。

　それは、そこに勤めていた龍瑛宗《りゅうえいそう》の小説『邂逅《かいこう》』（昭16）に、あの馬主文士の菊池寛が登場していたことを思い出したからだ。

〈みると、ひとりの、これもやはり三十五六歳の男が、すこし赧くなって、もじもじしながら、笑っていた。おそろしく痩せていた。あごは鑿で削られたように細く、目は窪んでおまけに目脂がたまっていた。肘の擦りきれた黒の背広に焦茶のくしゃくしゃになったネクタイ。どう贔屓目にみても田舎然とした紳士であった。

「新聞でみたよ。君は鉄道ホテルで天下の菊池寛と会ったそうですね、大したもんだな」

　その男は多くの視線を感ずると、ますますうろたえてしまい、泣き笑いの表情に変った〉

　龍瑛宗は台湾出身の作家で、昭和15年に文芸政策のために台湾を訪れていた菊池と対談していた。その体験を、自身をモデルにした小説にうまく取り込んだわけだが、実はその対談の場には、14年に馬主文士の仲間入りを果たしたばかりの『宮本武蔵』で知られる吉川英治も同席していた。

　ここからはわたしの想像だが、

新店渓と台北帝国大学との間に、昭和9年に造られた川端競馬場の姿があった。

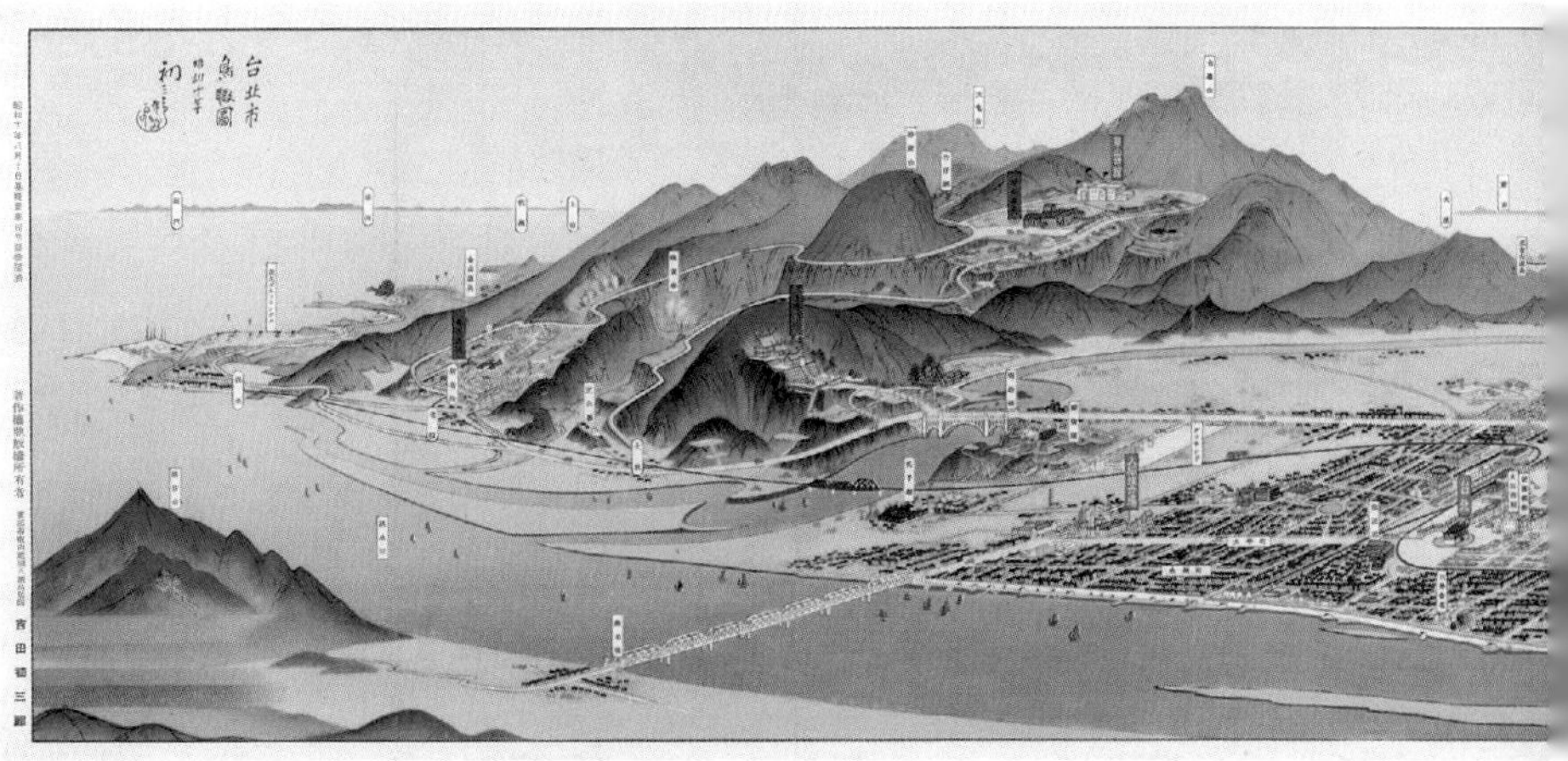

鳥瞰図右、台北の市街からやや外れた川沿いに、
川端競馬場がある

「菊池さん、早く終わらせて競馬をやろう」

「うむ、そうだな」

「では、龍君か誰かに案内してもらおう」

ということになったのではなかろうか。

公的な記録には残っていないが、この二人が競馬場に行かないわけがない。

12 京の姿なき競馬場

京都 長岡競馬場〈吉田初三郎〉

「京都名勝案内図」には、
宇治川のほとりに淀＝京都競馬場の姿がしっかりと描かれている。
しかし初三郎の鳥瞰図を数多く見ていると、
必ずしも当時存在した競馬場が描かれているとは限らない。

職場のロビーでお茶を飲んでいたら、著書『京都ぎらい』で大フィーバーの井上章一先生が、

「先日、乗馬倶楽部の前を通ったらベンツが並んでました。それを見て、乗馬する人らは普段、ベンツに乗ってはるんやなと思いました」

と、ひねりの効いた独特の言い回しで話しかけてきた。


思わず笑ってしまったが、たしかに乗馬は優雅な趣味で、金銭的にゆとりがないと難しい。それは競馬も同じだが、こちらの場合は金銭的にゆとりがなくてもやってしまう。もうやめよう、絶対にやめる、と強く誓っても、翌週にはまた競馬場にいる。どうにもあらがうことができない。まったく悪魔的だ。

「悪魔的と言えばね」

と、井上先生が壇蜜とのTV対談での一コマを、ニヤニヤッとしながら話してくれた。

「あかん。見たらあかん。そう思ったんですよ、ほんまに。〈壇蜜さんは胸元ではなく太ももにマイクを装着なさっているんです〉という司会者の言葉を聞いた時。それがその瞬間、目が泳いでしもてね。視聴者のみなさんにバレてしまいました。井上はすけべえやてね」


競馬とお金そして女……。こうしたテーマは馬主文士の菊池寛や舟橋聖一のみならず、多くの作家らが好んで描いてきた悪魔的なものだが、吉田初三郎の鳥瞰図に競馬場を探し回っているわたしも、相当やられている。彼の鳥瞰図は数千点に及ぶが、手元にあるだけでも数百点以上。それをデジタルデータに落とし込み、毎日毎晩、時間さえあれば拡大縮小を繰り返す。これは競馬場なのか、それともただの

グラウンドなのかと苦悩しながらも、やめることができない。こんな小さな島国に競馬場が神社のように各地にあった。それが気になって気になって仕方がないのだ。

古くから神社と関係が深い馬

競馬場と神社。今、わたしが取り組んでいるテーマの一つである。神社は日本固有の建造物で、日本人の伝統や精神と深いつながりがある。それは統治下の樺太・台湾・朝鮮・満洲にまで及び、競馬場も同じように造られた。その点からすれば競馬場を単なるギャンブルや軍馬育成の場と決めつけてはダメで、もっと日本文化との関係の中で捉え直す必要がある。外国の競馬場とは違った精神的な何かが、そこに潜んでいるような気がするのだ。

そもそも馬と神社は縁が深く、絵馬はもちろんのこと、わたしが住んでいる京都には、馬の神様で知られる藤森神社や祭典競馬を行っている上賀茂神社がある。そして何か関係があれば面白いと思っているのだが、長岡競馬場は長岡天神のそばにあった。

長岡競馬場は昭和4年の開設で、残念ながら戦後の32年に廃止されてしまった。タクシーの運転手さんに聞いたところ、「近くに向日町競輪場ができたせいでつぶれたような気がするなあ」と記憶を辿ってくれた。

気になったので初三郎の鳥瞰図で調べてみると、なんと、長岡競馬場と書いてはあるがその姿がない。これはレアケースで、逆はよくある。ではこちらは……と宇治川沿いに目を移せば、大正14年開設の淀競馬場はその姿までがしっかりと描かれていた。初三郎の京都ものは多数あり、ほかの地図には名も姿も描かれている。なぜこうした違いが生じるのか、初三郎なりの基準があったはずだ。

初三郎の墓が京都山科に

その初三郎が最後の力作「みちのくの絵巻」を完成させ、京都市内の自宅で71年の生涯を閉じたのは昭和30年8月16日。お墓は京都山科にある。しかしながら山科にあると知ったのはつい最近（平成27年）のことで、競馬場の件でお世話になっているし、是非ともお参りに行きたいと思った。

そこでお墓の位置をグーグルで検索してみると、元慶寺と華山寺が近くにあった。どちらかが管理していると考え、連絡すると、「吉田初三郎って？」と双方から問われる始末。初三郎は一般に知られた存在ではないということを強く実感した。

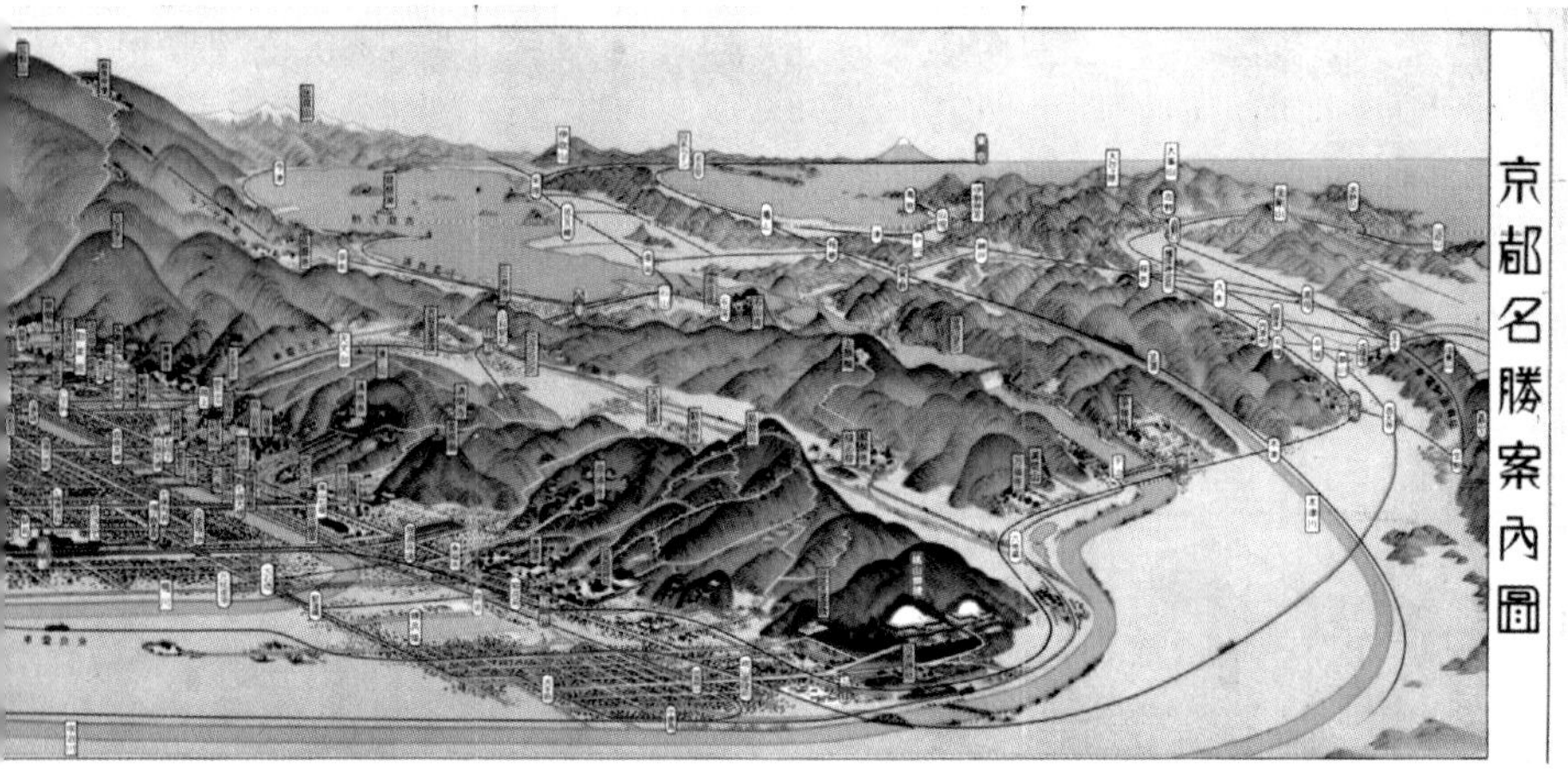

京都名勝案内図（吉田初三郎 作／国際日本文化研究センター所蔵）

ところがその翌日、崋山寺を管理している妙心寺の住職さんから、「3月5日でしたら、たぶんそれと思われるお墓に案内できると思います」と折り返し連絡が入った。だがどうしても4日に行きたかったので、そう伝えたところ、「では、花山中学校から北へ細い道に入ってください。線路手前に墓地があります。車でしたら駐車場もお使いください」と親切な計らいを受けた。

実は3月4日は初三郎の誕生日で、あんな素敵な鳥瞰図を生み出した彼なのだから、お参りするなら命日よりも誕生日のほうがふさわしく、その日に行きたいと思った次第。

ガタンゴトン、ガタンゴトン……。

きっとそう聞こえているに違いない。JR東海道線が走るすぐ横に、初三郎のお墓はひっそりとあった。

細長い墓石の表には〈初三郎（よしだ）家の墳墓〉、そしてその裏には〈昭和十四年六月十四日建立〉とあり、つまりこの墓石は初三郎が生前に建てたもので、自らその地を選んだことになる。日本中を旅した彼が永眠するにふさわしい場所だと思った。わたしはお線香をあげながら、

宇治川沿いに目を移せば、
淀競馬場がしっかりと描かれていた。

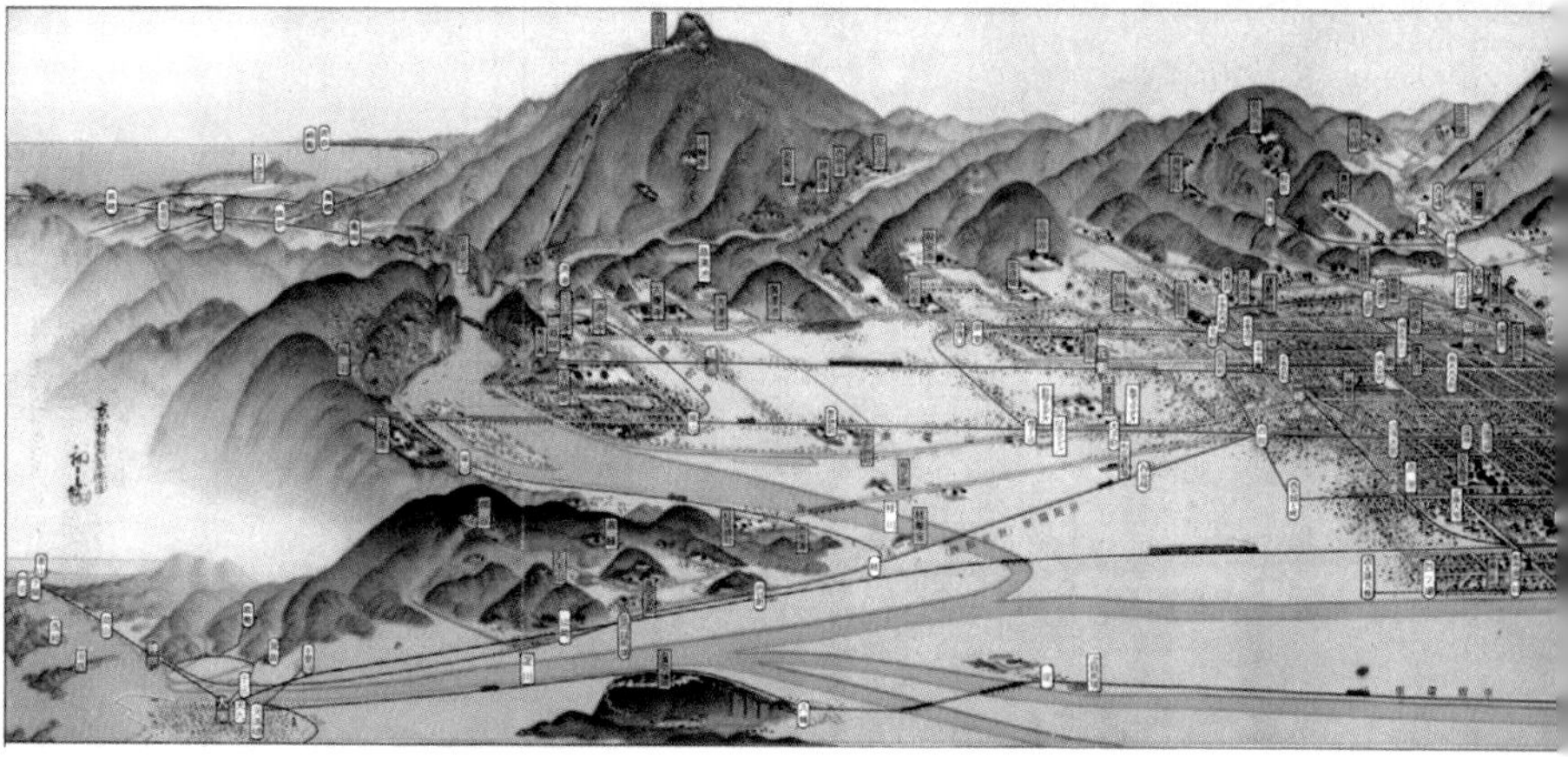

拡大図右下、淀駅そばの宇治川沿いに淀（京都）競馬場がある一方、
拡大図左下、長岡競馬場は文字のみで、その姿は描かれていない

「あなたが鳥瞰図に生涯を捧げたように、わたしも競馬研究に生涯を捧げます」と手を合わせた。

あとがき　鼻差エッセー裏話

受賞の連絡を受けたのは、日本中央競馬会（ＪＲＡ）の重賞レース「七夕賞」の予想に忙しかった平成27年の7月初旬のことだった。

「はじめまして、わたくし『週刊Gallop』の編集長で鈴木と申します。ギャロップエッセー大賞に石川さんの作品が選ばれましたので、そのご報告です。おめでとうございます」

「ありがとうございます！」

『週刊Gallop』は競馬専門誌で、年に一度、競馬をテーマにしたエッセー大賞の募集がある。競馬をこよなく愛するわたしは、友人の勧めもあって第11回のそれに応募していた。

寄せられた応募作は１６９編。１次予選で16編に絞られてからの最終選考だった。審査員は井崎脩五郎（競馬評論家）・北上次郎（文芸評論家）・高橋源一郎（作家）・吉川良（作家）・吉永みち子（作家）ら競馬玄人の5人で、受賞作発表誌には次のような選考過程が載っていた。

〈選考委員各氏の最も高く評価する作品が、まったく重ならないという異例の事態。議論も平行線をたどったため、過半数が受賞候補として挙げ、なおかつ1人以上は上位3番目以内に評価していた5作品に絞って、各氏その中から最上位を選び直すことになった。その結果、過半数の3人が票を投じた「舟橋聖一の愛馬命名と女たち」の大賞選出が決定〉

5人のうち3人がわたしに、2人が他の1人に投じていたので、まさに〝鼻差〟の受賞だった。しかしながら鼻差でも大賞には違いなく、また、〈私の中ではぶっちぎりの大差勝ちだと思う作品があったので、選考委員の間で意見が分かれたのは意外だった。それが「舟橋聖一の愛馬命名と女たち」。知識や情報を書いただけという意見があるかもしれないが、実はそれがすごく難しい。構成がいいからすごく滑らか。文章もいいし、センスがある。舟橋聖一というみんなが忘れていた作家を取り上げたものいい〉という北上先生の講評が心底嬉しかった。

「石川さんは競走馬を所有している作家のエピソードをお書きになりましたが、そうした馬主文士を中心としたエッセーを、もっとお書きになるつもりはございませんか」

「え!?」

「10月から連載をお願いしたいのですが、いかがでしょうか」

「分量はどのくらいですか」

「原稿用紙にして6枚から7枚、雑誌の見開き分となります」

　あまりにも突然のオファーで驚いたが、すぐに引き受けた。競馬専門誌における月刊の代表がＪＲＡの『優駿』とすれば、週刊は産経新聞社の『週刊Gallop』で、競馬ファンとしてこれほど名誉なことはないからだ。

　本書は、こうして始まった連載エッセー「馬の文化手帖」に受賞作を加えたもので、その初出は次の通り。
＊「舟橋聖一の愛馬命名と女たち」
　平成27年7月
＊「馬の文化手帖」シーズン1、平成27年10月～28年3月
＊「馬の文化手帖」シーズン2、平成29年1月～3月
第1章「競馬の文化手帖」がシーズン1、第2章「競馬場の地図絵巻」がシーズン2。書籍化にあたり、小説のタイトルはすべて二重カギ括弧（『　』）で著した。

　当然のことながら受賞作が書けたのも連載エッセーが始まったのも、舟橋聖一と舟橋の娘美香子さんのおかげである。連載中、村上春樹ら数々の作家を文壇デビューさせた、今は亡き文芸評論家の大村彦次郎先生と食事の機会を作ってくれたのも美香子さんで、大村先生からは、

「石川さんがやってるのは競馬から見た文壇史ですね。もう文壇史なんか書こうなんて人はいませんから、是非とも続けてください」

　と背中を押していただいた。

　美香子さんは我がことのように喜んでくださり、蕎麦を食べながら良き時代の文壇話で盛り上がっていたら、彼女のいたずら心に火がついてしまったようで、

「じゃあ大村先生、父のことはどうお思いになられていましたの？」

「んぐ！」

　大村先生は鳩が豆鉄砲で、本当に答えにくそうにしていた。するとすぐに、

「ふふふ冗談ですわよ、言いにくいですわよね、娘の前じゃあ」

　ここにおいても美香子さんのチャーミングさが発揮されたわけだが、大村先生は後日、

競馬場の舟橋聖一
（写真提供：舟橋聖一記念文庫）

新宿紀伊国屋の文壇バー。中央の和服姿が舟橋聖一、中央奥の一番右の女性が娘美香子（写真提供：舟橋聖一記念文庫）

「舟橋聖一は、やはり流行作家だったということに尽きると思います」

と自身の意見を率直に伝えてくださった。これはかなり厳しい批評で、後世に残る作品をどれだけ書いたのか／書けたのかという、すべての作家に共通する難題を念頭に置いての言葉だった。しかしまた、

「石川さん流に舟橋さんを研究するなら、新しい評価が出てくるかもしれませんね。期待しています」

とも言ってくださった。舟橋聖一で博士論文を執筆中だった、わたしに対する気遣いだとすぐにわかった。

第1章が舟橋聖一を中心としたエッセーなら、第2章は吉田初三郎である。第1章では競馬の「歴史」を、第2章では「地理」を主題にしている。時間と空間、この二方面からの探究によって競馬の再評価と日本文化の可視化を目指したわけだが、そこに初三郎の鳥瞰図がピタッとはまった。

こちらに関しても美香子さん同様、お世話になった人物がいる。初三郎の孫の阿瀬太紀さんだ。阿瀬さんとは京都先斗町の藤野屋で初めてお会いした。

藤野屋は鴨川沿いの納涼床を楽しむことのできる料亭で、残念ながら昨年暖簾を下ろしてしまったが、その前に行くことができてよかった。というのは、そこは初三郎の終の棲家で、料亭になったのはその後のこと。そして阿瀬さんは中学2年生まで初三郎と一緒に暮らしていた。

料亭になっても造りはそのままだったので、

「ここを初三郎が使っていて、わたしはあっち」

と気さくに案内してくださる。初三郎の部屋は上階の、鴨川の風景を一望できる素敵な畳の間だった。

「初三郎はこの窓際に机を置いて作業してましたよ」

と話しながら、阿瀬さんは突然、巻いてあった鳥瞰図の原画をサーッ、サーッと畳の上にいくつも広げ始めた。

「おお〜！」

旅行パンフレットでしか見たことがなかったので、原画のあまりの大きさ美しさに驚いたが、広げるその姿も素敵だった。

アトリエで鳥瞰図を並べる吉田初三郎とその弟子たち。左端が初三郎（写真提供：阿瀬太紀）

「こんな貴重なものをいいんですか？」
「いいんですよ、いつでも見せてあげますよ。あ、こっちが台湾、そしてそっちが静岡かな」

初三郎の鳥瞰図はU字型のパノラマと、なんとも言えない緑色が特徴的だが、後者のそれは歌川広重のいわゆる広重ブルーに対抗したもので、初三郎グリーンと自ら名づけたということも阿瀬さんから教わった。

京都山科の阿瀬さん宅には今でも数ヵ月に一度の割合でおじゃましていて、トレセンで働いていたという奥さまと愛犬ハピスも一緒に、初三郎の思い出話を楽しく聞かせていただいている。

わたしは人との出会いにおいて本当に恵まれていると思う。そして深く感謝している。

エッセー大賞の審査員の先生方、ギャロップ編集部のみなさん、舟橋美香子さん。阿瀬太紀さん、ＪＲＡをはじめ資料を提供してくださった関係各所のみなさん、わたしの突然のアタックに快く応えてくださった職場の先生方や友人のみなさん。

そして今、こうして一冊の本として世に出すことができるのは、法藏館の戸城三千代さんの親切と気風の良さ、そして的確なアドバイスがあったからです。

本当にありがとうございました。

令和2年7月　京都桂坂にて

石川　肇

藤野屋で鳥瞰図を広げる阿瀬太紀
（写真提供：阿瀬太紀）

参考文献一覧

『軍馬美談佳話』陸軍省馬政課，日本競馬會編輯：日本競馬會：帝國馬匹協會：日本乗馬協會，1939
『馬事年史』第1－3巻／大友源九郎編：日本競馬会，1948
『日本文壇史』第1－4巻／伊藤整著：講談社，1953 － 1978
『十返肇の文壇白書』十返肇著：白凰社，1961
『わが文壇青春記』田村泰次郎著：新潮社，1963
『昭和文壇側面史』浅見淵著：講談社，1968
『文壇百人』巖谷大四，尾崎秀樹，進藤純孝共著；読売新聞文化部編：読売新聞社，1972
『その人その頃——現代文学者の群像』中島健蔵，巖谷大四共著：丸ノ内出版，1973
『競馬百科』日本中央競馬会編：みんと，1976
『物語大正文壇史』巖谷大四著：文藝春秋，1976
『父のいる遠景』舟橋美香子著：講談社，1981
『日本古代の馬文化展』特別展 / 根岸競馬記念公苑学芸部編：根岸競馬記念公苑，1981
『日本馬政史』第1－5巻 / 帝国競馬協会編：原書房，1981 － 1982
『兄・舟橋聖一の素顔』舟橋和郎著：近代文藝社，1982
『古代文化・馬形の謎——馬の博物館特別展』根岸競馬記念公苑学芸部編：根岸競馬記念公苑，1986
『昭和文学盛衰史』高見順著：文藝春秋，1987
『人間・舟橋聖一』丹羽文雄著：新潮社，1987
『文明開化うま物語——根岸競馬と居留外国人』早坂昇治著：有隣堂，1989
『解馬新書の調査研究』松尾信一編著：日本中央競馬会馬事部，1990
『サラブレッドの誕生』山野浩一著：朝日新聞社，1990
『四十年の歩み』東京都競馬株式会社編纂：東京都競馬，1991
『日本馬具大鑑』第1－4巻 / 日本馬具大鑑編集委員会編：日本中央競馬会，1992
『馬の文化叢書』第1－10巻 / 馬事文化財団，1993 － 1995
『樫山純三——走れオンワード事業と競馬に賭けた50年』樫山純三著：日本図書センター，1998
『鎌倉の武士と馬』馬事文化財団・馬の博物館編：名著出版，1999
『富国強馬——ウマからみた近代日本』武市銀治郎著：講談社，1999
『サラブレッド・ビジネス——ラムタラと日本競馬』江面弘也著：文藝春秋，2000
『吉田初三郎のパノラマ地図——大正・昭和の鳥瞰図絵師』（別冊太陽）：平凡社，2002
『東京文壇事始』巖谷大四著：講談社，2004
『京都競馬場80年史 = Kyoto race course 80th anniversary』日本中央競馬会京都競馬場，2005
『中間小説の黄金時代』井伏鱒二［ほか］著：日本経済新聞社，2006
『文壇うたかた物語』大村彦次郎著：筑摩書房，2007
『動物と現代社会』菅豊編：吉川弘文館，2009
『文壇栄華物語』大村彦次郎著：筑摩書房，2009
『菊池寛と大映』菊池夏樹著：白水社，2011
『文壇挽歌物語』大村彦次郎著：筑摩書房，2011
『文壇さきがけ物語——ある文藝編集者の一生』大村彦次郎著：筑摩書房，2013

石川　肇（いしかわ　はじめ）

1970年生まれ。総合研究大学院大学文化科学研究科国際日本研究専攻単位取得退学。博士（学術）。現在、国際日本文化研究センター助教。和辻哲郎文化賞推薦委員、舟橋聖一記念文庫特別アドバイザー、東映太秦映画村アンバサダー。東アジア近代における大衆文化・文学・ツーリズムを研究対象とし、「舟橋聖一の愛馬命名と女たち」で第11回Gallopエッセー大賞受賞（産経新聞社、2015）。主な著書に『舟橋聖一の大東亜文学共栄圏――「抵抗の文学」を問い直す――』（晃洋書房、2018）、『想像×創造する帝国　吉田初三郎鳥瞰図へのいざない』（国際日本文化研究センター、2019）など。

競馬にみる日本文化

二〇二〇年一〇月一〇日　初版第一刷発行

著　者　石川　肇
発行者　西村明高
発行所　株式会社　法藏館
京都市下京区正面通烏丸東入
郵便番号　六〇〇-八一五三
電話　〇七五-三四三-〇〇三〇（編集）
〇七五-三四三-五六五六（営業）

装幀　濱崎実幸
印刷・製本　中村印刷株式会社

ISBN 978-4-6265-5 C1091